偏愛獅子と、蜜檻のオメガⅢ

〜運命の番は純血に翻弄される〜

伽野せり　著

Illustration
北沢きょう

エクレア文庫

CONTENTS

登場人物紹介

御木本獅旺
（みきもと・しおう）

【獅子族のアルファ】
エリート一族の御曹司
大学生

大谷夕侑
（おおたに・ゆう）

【ヒト族のオメガ】
オメガ養護施設育ち
通信大学生

諫早一華
（いさはや・いちか）

【獅子族のアルファ】
獅旺のいとこであり
元婚約者

素っ気なくとも、優しいところがたくさんある人だから。
そう思うと、急に胸がドキドキしてきて、夕侑は先をいく恋人の後ろ姿を急いで追いかけた。

【終】

「そうなんですか……。それはすごく幸運でしたね」

紙袋には、リボンのかけられたクリアボックスが入っている。その中に色とりどりのチョコが並んでいた。

夕侑は数日前、テレビでこの店を観ていた。フランス帰りのショコラティエが最近オープンしたというチョコレート専門店は、味のよさに加え見た目の美しさで瞬く間に評判となり、連日行列が絶えないと放送していた。

甘い物に目がない夕侑は、テレビに釘付けになってショーケースに並ぶチョコを凝視した。一粒数百円のカラフルなチョコは自分には縁のないものだけど、死ぬまでに一粒くらいは食べてみたいなあ、などと思いながら。そのとき獅旺は横でノートPCを使ってレポートを書いていたのだが、興味のない様子でこちらはチラリとも見ていなかった気がする。なのに、このお店のチョコを買ってきてくれるなんて。なんて幸運な偶然なんだろう。

「僕、このお店のチョコレートを一生に一度でいいから食べてみたいと思ってたんです」

艶々と輝く菓子を眺めながら呟いて、夕侑はふと、本当に偶然だったのだろうかと考えた。

顔をあげれば、獅旺は靴を脱いで廊下の先に向かっている。

「腹が減ったな。着がえたら夕食の準備手伝うぞ」

「あ、はい」

もしかしたら、獅旺はあのときちゃんとこちらの様子を見ていて、わざわざこの店まで出向いてくれたのかも知れない。

夕侑が台所で夕食の支度をしていると、玄関扉のひらく音がした。

獅旺が外出から帰ってきたらしい。今日は彼だけが用事で出かけていた。

「おかえりなさい」

玄関先までスリッパをパタパタ鳴らしながら出迎えにいくと、獅旺は手にしていた紙袋を渡してきた。

「ほら。これ、今日のデザート」

「わあ、ありがとうございま……」

受け取った夕侑は、お洒落なデザインの袋を見て大きな声をあげた。

「どうしたんですか!?　これ?　このチョコレート、とっても有名なお店のですよ!?」

それは、夕侑が一度でいいから食べてみたいと思っていた有名店の高級チョコレートだった。

「そうか。たまにはチョコもいいかと思って買ってきただけだ」

「けど、ここのお店、いつもたくさん人がいて、全然買えないってテレビで言ってたのに、よく買えましたね」

「俺が店の前を通ったときは、数人しか並んでなかったぞ」

チョコレートより甘い

《紙書籍限定書き下ろし》

偏愛獅子と、蜜檻のオメガⅢ

～運命の番は純血に翻弄される～

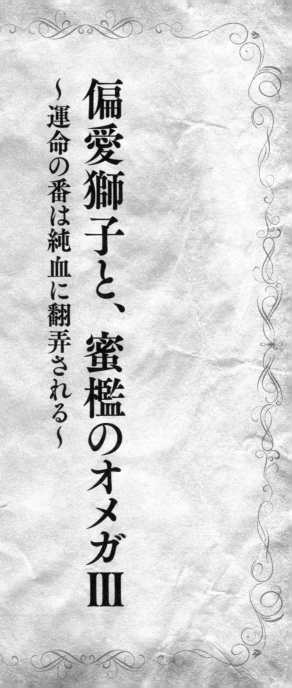

第一章

七月の強い日差しが、真っ白なレースのカーテンを通してリビングに入りこんでいる。

大谷夕侑《おおたにゆう》は勉強中だった手をとめて、ローテーブルを横切る陽光に左手首をかざしてみた。

そこには、新品の腕時計型モバイルがつけられている。夕侑は文字盤がキラリと光るのを幸せな気持ちで眺めた。

これは昨日、恋人の御木本獅旺《みきもとしおう》がプレゼントしてくれたものだった。

『お前がいつどこで発情《ヒート》になっても、すぐに知ることができるように、いつも身につけておけ』

そっけない言い方で手渡され、夕侑は驚いた。最新型のモバイルは特注品なのか、ふたりが好きなアニメキャラであるサニーマンが劇中でつけていたものとそっくりなデザインだ。

『いいんですか？　こんな高価なもの』

ビックリする夕侑に獅旺はかるく言った。

『それで繋がっていれば、俺も安心だ』

この時計はバース性がオメガである夕侑が、いつ発情になってもすぐに把握できるよう彼のモバイルと連動しているのだという。

『ありがとうございます』

思いがけない贈り物に感激して礼を言えば、獅旺も満足そうに微笑んだ。

獅子の獣人であり、バース性はアルファ、そして日本きっての名家の御曹司でもある獅旺と番になって四か月、一緒に暮らし始めて三か月。

そんな素晴らしい人と運命によって結ばれた夕侑は、ヒト族で家族もない施設育ちだった。身分の違いは一緒に暮らす上で否が応でも思い知らされる。

けれど獅旺は夕侑が立場の違いに落ちこむ様子を見せると、すかさずフォローを入れて助けてくれる。言動は俺様だけれど、心根はとても優しい人なのだった。

獅旺の両親もふたりの交際は了承ずみで、いつかは御木本家の一員に迎え入れられる日がくると思われる。

この国にバース性が誕生して約百年、男性でも子供が産めるオメガがあらわれたことで、同性婚も法的に認められるようになった。今はまだお互い学生だから具体的な話は出ていないが、きっと将来、自分は御木本家の籍に入ることになるのだろう。

「……けど」

夕侑はうっすらと緊張を感じて、時計をそっと右手で撫でた。

御木本家は代々優秀な獅子族のみで構成された獣人一家で、父親の猛康《たけやす》は御木本グループの総帥、母親の真維子《まいこ》も上流階級に属する貴婦人だ。その中に、ヒト族で孤児の自分が入ってちゃんとやっていけるのか。御木本家に恥をかかせるようなことはないだろうか。そんな不安がときどき頭をもたげてくる。

だから、御木本家の一員になる覚悟があるのかと問われたら、夕侑にはまだその自信がないのだった。

獅旺は気にするなと言ってくれるけれど。

「ダメだ。ウジウジ悩むのはやめようって決めたんだった」

首を振って、マイナス思考を頭から追い払う。

心配事があったら俺に話せ、ひとりで抱えこんで悩むんじゃない、と獅旺には言われている。

夕侑はひらいていた大学の教科書をとじて、代わりに買ったばかりのマナー本を手に取った。

獅旺の番として相応しい人間になるために、ここのところ上流階級のつきあいの勉強も始めている。挨拶や食事の仕方、礼儀やタブー。今までまったく縁のなかった世界への扉が少しずつひらいていくのを感じながら、夕刻まで本を読みふけった。

太陽が翳り、少し暗くなった手元から顔をあげて時計を見れば五時を指している。もうそろそろ獅旺が大学から戻るころだ。

獅旺は都内の大学に通う三年生で、夕侑は通信大学に在籍する一年生だった。だからバイトが休みの日は家でこうやってひとり勉強している。

「今日の夕ご飯のメニューは、えっとたしか……」

立ちあがってキッチンに移動し、冷蔵庫をあけていると玄関ドアのひらく音がした。

「あ、おかえりなさい」

廊下に出ると、保冷バッグを手にした獅旺が靴を脱いでいた。

「ただいま。ほら、今日の土産だぞ」

銀色のアルミバッグを手渡されて驚く。

「わっ、何ですかこれ？」

「アイスクリームだ。今日は暑いからこれが食べたくて」

「うわあ、美味しそうです」

バッグの中にはドライアイスと、カップアイスが数個入っていた。獅旺はこうやって毎日のようにデザートを買ってきて、甘い物好きな夕侑を喜ばせようとしてくれるのだ。

「ありがとうございます。すぐに冷蔵庫に入れますね」

「ああ」

キッチンへ引き返し、冷凍室へアイスを移していると獅旺もやってくる。その手にはスマホがあった。

「夕侑、今週の日曜日にな、予定が入った」

「はい」

保冷バッグを畳みながら答える。

「俺は親父にゴルフに誘われた。爺さんばかりだからいきたくないが、つきあいだから顔を出せと言われた」

「そうなんですか」

「それで、母のほうがお前を誘ってる。予定が何もないなら遊びにこないかと」

「何もないです」

「そうか。じゃあ、いくと返事をしておくぞ」

「はい」

御木本家には今までに三回訪問していた。毎回、母親の真維子は夕侑を笑顔で歓迎してくれる。

「なら俺は早朝からゴルフに出かけて、帰りにお前を迎えにいくとするか」

「わかりました」

獅旺はスマホに何かを打ちこんで、それから夕侑の腰に手を回してたずねてきた。

「まだ俺の家にいくのは緊張するのか？」

夕侑がいつもかしこまった態度で両親と接しているのを、気にかけてくれているらしい。

「そうですね……。初めてのときほどじゃないですが、ちょっとだけ……」

初回のときに感じた多大なプレッシャーほどではないが、それでも余裕の訪問というわけにはいかない。素直に打ち明けると、獅旺が頭の上で笑う。

「そうか。早く慣れるといいな」

獅旺の両親はとてもいい人たちなので、どうしても好印象を持ってもらいたくて、それで気を張ってしまうのだ。

「頑張ります……」

訪問時の緊張を思い出してしまい、相手の服をキュッと握ると、獅旺が抱きしめてくる。夕侑の背中をそっとさすり、それから頭の天辺にキスをした。

「リラックスしていってこい。母もお前のことは気に入ってる。何も心配するな」

「はい」

頬と唇にもかるく口づけて、励ますように言う。大きな愛に包まれて、夕侑は幸せを噛みしめた。

＊　＊　＊

その週の日曜は、朝五時に獅旺が先に車で出かけ、夕侑は午後からゆっくりと御木本家を訪ねた。

「いらっしゃい、夕侑さん」

西洋風の大きな舘の玄関で、上品なワンピースを着た真維子が満面の笑みで歓迎してくれる。

「お待ちしてましたわ。今日はうちの料理人に、スフレを焼かせますから。あとで焼きたてを一緒に食べましょうね」

真維子がウキウキしながら夕侑をリビングに案内した。

「スフレですか。僕、焼きたては食べたことないです」

「ふふ、そうじゃないかと思ってたの。熱々はとっても美味しいわよ～」

「それは楽しみです」

今日は真維子が手がけている慈善事業について話を聞くことになっていた。将来は福祉関係の仕事に就きたいと思っている夕侑にとって、とても興味深い内容だ。

ソファセットに並んで腰かけて、真維子が準備してくれた資料を見ながら、御木本家が関わる財団の事業について説明を受ける。それが終われば、焼きたてのスフレでお茶をした。

「すごく美味しいです。ふわふわでしゅわしゅわしてて、こんな食感、初めてです」

「そうでしょう、うちの料理人の得意料理なの。いつでも食べにきてちょうだいね」

「はい。ありがとうございます」

熱々の焼き菓子は、舌の上にのせたとたん、しゅわっと弾けて消えていく。不思議なデザートに夕侑は感動した。

ゆったりお茶を楽しんで、その後にまた真維子と色々な話をしていたら、しばらくして家政婦がやってきた。

「奥様、旦那様がお戻りになられました」

「あら、もうそんな時間」

時計を見れば、四時になっている。夕侑と真維子はリビングを出て、玄関に向かった。

玄関ドアを出ると、前庭の横に黒いセダンがとまっていた。御木本家の車だ。その助手席ドアがあいて父親の猛康が、後部座席から獅旺がおりてきた。

「おかえりなさ……」

夕侑が声をかけようとすると、後部座席の反対側のドアがあいて、もうひとりの人物がおりてくる。

「…………」

その人は、夕侑の知らない若い女性だった。すらりとした美人で、ゴルフウェアを身に着けてい

た。ゆるくウェーブのかかった栗色の髪は肩の下まであり、それをきれいな指でかきあげると、モデルのような美しい容貌があらわになった。

女性は車の後ろをぐるりと回りこんで獅旺の隣に立ち、猛康に声をかけた。

「のせてくださってありがとうございます。叔父様。おかげで助かりましたわ」

それに猛康が鷹揚にうなずく。女性が今度は獅旺に向かって言った。

「まさかゴルフ場で偶然会うとは、予想もしなかったわね」

フッと微笑んで腰に手をあてる。女性の背丈は獅旺とさほど変わらなかった。並んで立っているとまるでブランド商品の広告のようだ。

「あらまあ、一華《いちか》さん、お久しぶり」

真維子がいささか驚いた声をあげる。それに一華と呼ばれた女性が、こちらに視線を移してきた。

「まあ、お久しぶりです、叔母様」

鈴が鳴るようなきれいな声で、非の打ち所がない美しい笑みを見せる。夕侑は彼女の持つ美のオーラに圧されて思わず一歩さがってしまった。それに一華が、あらというように片眉をほんの少し持ちあげる。

「夕侑さん、こちらは獅旺のいとこの、諫早一華《いさはやいちか》さん。私の姪っ子にあたるのよ」

真維子は、なぜか少し気まずそうに一華を紹介した。

「そして獅旺の元婚約者です。はじめまして、大谷夕侑さん」

真維子の言葉を引き継いで、一華が夕侑に微笑みかける。その眼差しは非常に挑戦的だった。

「は、はじめまして」

夕侑はどうしていいかわからず、戸惑いながら頭をさげた。

こんなところでいきなり獅旺の元婚約者と出会うとは。どんな態度で接していいのかよくわからない。しかも彼女は夕侑に対して好感を持っているとは言い難い雰囲気だ。いやそれは単にこちらの勘違いなのかもしれないが。

獅旺の元婚約者ということは、この人も獅子族アルファなのだろう。それでなくともセレブ感あふれる美人に、平凡なヒト族オメガの夕侑は圧倒されてたじろいだ。

「一華さん、せっかくだから、これから皆と夕食を一緒にどう?」

真維子が優しく、けれど少し儀礼的な話し方で誘いをかける。それに一華は首を振った。

「いいえ。今日は遠慮させていただきますわ。また今度にでも」

そして獅旺を振り返って言った。

「あなたの車で送ってくれる?」

獅旺のスポーツカーは車庫内にとまっていた。

「自分ちの車を呼べばいいだろ」

彼女の頼みをにべもなく断る。

「一華さん、うちの運転手に送らせるわ」

真維子が横から提案した。

「そうですか。では。お世話になります」

一華はすぐに引きさがり、運転手が御木本家のゴルフバッグをおろすのを待った。その間に、獅旺にまた話かける。

「さっきの話の続きだけど、再来週うちでひらかれる祝賀パーティにはぜひきてよね。招待状も送ってあるから」

それに獅旺はあまり乗り気でない顔をした。何の話かと思っていると、一華がくるりとこちらを向く。

「大谷さんもぜひいらして。歓迎しますから」

「え……？　あ、はい……」

よくわからないが、誘われてつい返事をしてしまう。すると一華は口角をゆったりと持ちあげて、意味ありげな笑顔を見せた。

「あなたとは、一度ゆっくりお話をしてみたかったの」

金茶色の瞳が、一瞬だけ虹彩をキラリと光らせる。そこに獣性が映し出されて、夕侑はわけもわからず反射的に背筋を震わせた。

＊　＊　＊

獅旺の車でマンションに帰る道すがら、夕侑はさっき出会った一華という女性についてたずねてみた。

「あの方が、獅旺さんの元婚約者だったんですか……」

華やかな人だった。そして獅旺と並んだ姿は、美男美女の獅子族同士でとてもお似合いだった。

「親同士が血筋だけで決めた許嫁だったがな」

「とてもきれいな人でした。獅子族アルファならきっと優秀な方なんでしょうね」

「俺と同じ大学の医学部だ」

「えっ、そうなのですか。じゃあすごく頭がいいんですね」

美人で頭脳明晰、その上スタイルもいいときては欠点など何もないのだろう。

「お家柄もよさそうでしたね……」

外見も話し方も、いかにもセレブといった雰囲気に満ちていた。

「あいつの家は、祖父も父親も、大学病院の教授をしているからな」

「へぇ……お医者様の家系なんですか」

そんな女性が元婚約者だったとは。

「そう言えば、さっき、祝賀パーティが何とかと言ってらしたけど」

「ああ」

ハンドルを切りながら、獅旺が思い出したように言った。

「少し前に欧州で開催された『ベスト・オブ・ザ・ビースト世界大会』の女性獅子部門で一華が準優勝したんだ。その祝いのパーティを諫早家でひらくらしい」

「それはまた、すごい賞を……」

ベスト・オブ・ザ・ビーストは夕侑も知っている有名なコンテストだ。数年に一度、世界中の獣人の中から一番優れた獣人を選び出す催しで、獣姿の美しさや力強さ、ヒトの姿での容姿や教養の高さを競う、いわば世界一の獣人を決める権威あるコンテストだった。さまざまな種族の部門にわかれているが、獅子や虎などの高位種族の審査は注目度も高く、テレビでもしばしば放映される。

「では世界が認めた獅子族アルファの女性なのですね」

「あいつの家も、うちと同じく本家は純血の獅子族だからな。他の血が混ざっていないぶん、獅子としての優秀さも際立つというわけだ」

夕侑は納得してうなずいた。

「パーティには俺の両親もいくだろうし、俺もつきあいだから顔を出さなきゃならん。お前も招待されたんだから、一緒にいくか」

「いいんですか？　僕はまだ御木本家と何の関係もない人間ですが」

「俺の番だろう。十分に参加する理由がある」

先ほどの一華の『一度ゆっくり話をしてみたかった』という言葉を思い出せば、そこには何か含みがあるようで少し気になる。けれど誘いを断るのも失礼な気がして、夕侑は数週間後のパーティに獅旺と共に参加することにした。

＊　＊　＊

一華の祝賀パーティは、都内にある諫早家の別邸で行われた。

近くの駐車場に車をとめて、獅旺とふたりで立派な数寄屋造りの正門をくぐると、中は大きな木々に囲まれた小さな森のようになっていた。奥に純和風の屋敷と年代物の洋館が併設されている。その南側に、手入れの行き届いた和風庭園が広がっていた。

「すごいところですね……」

「元は著名な政治家が所有していた屋敷で、十数年前に諫早家が買い取ったらしい。建てられたのは百年ほど前だと聞いている」

「……はぁ」

正門の横で受付をすませた後、あたりを見渡しつつ小径を進んでいくと、自分たちと同じように正装した男女がちらほらあらわれる。獅旺は彼らと優雅に挨拶を交わした。夕侑もできるだけ礼儀正しく振る舞う。やがて庭園に出ると、そこでは十頭ほどの獅子がゆったりと寛いでいた。

「…………」

夕侑の足が思わずとまる。

「どうした?」

横の獅旺が聞いた。

「……いえ。その」

獅子の姿は見慣れているとは言え、これほどの数と一遍に遭遇したことはない。

かつて夕侑は獅子恐怖症だった。それを獅旺と番うことで克服したのだが、どうやら自分が大丈夫なのは獅旺の獣姿だけだったらしい。

足が竦んでしまった夕侑に、獅旺がいぶかしげな表情になった。

「怖いのか?」

顔を強張らせる夕侑の肩にそっと手をおく。

「ええ……。ちょっと、迫力がありすぎるかもです」

「そうか。じゃあ向こうにいこう」

小径に戻り、洋館に行き先を変える。

「あの獅子は諌早家の方々ですか」

「ああ。御木本の親戚もいたな。見知った顔があった」

獅子の姿でも個人を判別できるらしい。

「まあ、これからつきあっていく獅子たちだから、少しずつ慣れていくことだ」

「わかりました……」

御木本家の一員になるのなら、獅子を怖がってなどいられない。夕侑は気持ちを奮い立たせた。

洋館の前にいくと、そこではヒトの姿の客らが歓談を楽しんでいた。室内からウッドデッキ、そして庭へと続く場所で百人ほどの人たちがお喋りをしている。ガーデンパーティ形式になっているらしく、飲み物や食べ物のおかれたテーブルもあった。記者らしき人や、カメラマンもいる。

「ねえ見て、雑誌の取材よ」

「テレビもきているらしいわ。今度、コンテストの特集が放送されるんですって」

近くの客が噂話をしているのが聞こえた。

歩いていると背後でわあっと歓声があがったので、そちらの方角を振り返る。すると、館の中から一匹の美しい雌獅子が姿をあらわした。艶めく獣毛を波打たせ、ゆったりと庭に出てきたのはきっと一華だろう。首には銀色に輝くメダルがかけられていた。

彼女の周囲に人が群がり、口々に「おめでとう」「すごいわ」と祝福の声をかける。それに獅子の一華が笑うように口のはしをあげた。

「きれいですね」

獅子の姿でも優雅で気品がある。

「諌早家も鼻が高いだろうな」

「挨拶しにいきますか？」

「いや。あとにしよう」

大人から子供まで、獅子の一華を囲んで盛りあがっている。獅旺と夕侑は少し落ち着くまであたりを散策することにした。

木漏れ日が落ちる小径に出て、石畳に沿って歩いていく。夕侑はこんな大きな屋敷が個人の所有だということに驚かされながら周囲を見渡した。まるで何かの記念館のようだ。

そうしていると向こうからふたりの男性がやってきた。ひとりは背の高い和装の老人で、もうひとりは壮年の紳士だった。

「やあ、獅旺くんじゃないか。久しぶり」

矍鑠《かくしゃく》とした老人がこちらに向かって手をあげる。

「一華の祖父と父親だ」

獅旺がそっと耳打ちした。

「こんにちは、お久しぶりです」

礼儀正しく挨拶する獅旺の横で、夕侑も小さくお辞儀をする。

「おや」

祖父は視線を夕侑に注ぐと、灰色の眉を興味ありげに持ちあげた。

「何やら匂うな」

こちらを睥睨《へいげい》して呟く姿に、ハッとなる。

「私の番になってくれた大谷夕侑さんです」

獅旺が夕侑をかばうように一歩前に出た。

「ほう」

夕侑は控えめに再度お辞儀をした。

「たしか、聞くところによると、ヒト族のオメガだったかな」

祖父の声は冷淡だった。

「はい、そうです」

「ふぅむ」

祖父は夕侑をジロジロと不躾に眺めた。そしてあからさまなため息をつく。

「何とも惜しいことよのう。せっかくの純血を、わざわざ台無しにする道を選ぶとは。ヒト族と獣人では、子を得るのもなかなか難儀であろうに、猛康くんはよく了承したものだ。儂には到底考えられん選択だな」

嘲笑を含んだ声音に、体温がスウッとさがっていった。

こういった扱いはどこででも受けるものだが、いつまでたっても慣れることができない。しかも今回は、オメガというだけでなく、ヒト族という理由でも貶められた。

「お義父さん」

横から壮年の紳士がそっと話かける。

「獅旺くんが決めたことですから。……我々には意見する権利はないかと……」

「きみは黙っておれ」

「あ、はい」

おとなしそうな顔立ちの父親は、祖父の一喝にすごすごと引っこんだ。獅旺はこれ以上話を長引かせたくないようで、ふたりに対しきっぱりとした口調で告げた。

「例の件では、諫早家の皆様に大変お世話になりました。一華さんには、私より相応しい相手が一日も早く見つかることを願っています」

それだけ言うと、一礼して夕侑の肩を抱き、きた道を引き返した。夕侑も彼にならって、去り際に慌てて頭をさげる。

「獅旺さん」

しばらく歩いた後、声をかけた。

「すまない」

怒りを抑えた声で謝られる。

「え？」

「あれだけしか言えなかった」

苦々しげにもらす獅旺に、夕侑は首を振った。

獅旺は自分と番うために、一華との婚約を破棄している。そのために多大な努力をしてきただろうことは、今の会話からたやすく想像できた。きっと諫早家にも色々と迷惑をかけたのだろう。

「謝らないでください。僕は大丈夫です」

笑みを作って気にしていない風を装う。それに獅旺が苦く笑った。

「お前に我慢をさせたくない。もう帰ろう。顔だけ出したんだから約束は守った」

「え？　でも、一華さんへの挨拶がまだ」

「構うもんか」

獅旺は夕侑を連れて正門へと足早に歩いた。

その途中で、ひとりの男性に声をかけられる。獅旺は挨拶だけですまそうとしたが、相手につかまってしまい、何やら話しこむことになった。

「悪い、夕侑、ここでちょっと待っててくれ。俺はサロンにいる親戚と話さなきゃならなくなった」

「あ、はい。僕は大丈夫です」

「そこのベンチに座ってろ」

木陰にある古いベンチを指差すと、男性と一緒にきた道を引き返していく。残された夕侑は言われた通りにベンチに腰かけて待つことにした。

目の前を横切っていく人たちや、頭上でさざめく木々の葉ずれを聞きながら少しぼんやりする。そうしていたら、さっき一華の祖父に言われた嫌味な言葉を思い出してしまい、気分が落ちこんだ。

獅子族のプライドの高さはよく理解しているつもりだが、祖父の口ぶりでは、その中でも純血であることはさらに価値がある様子だった。まるで貴族や華族のような考え方なのだなあと驚き、そこにヒト族の自分が入っていくことの違和感が今さらながら重く心にのしかかった。

獅旺との格差は広くなる一方で、自分の努力だけで狭《せば》めることはできるのだろうかと悩んでしまう。

大きくため息をつくと、いつの間にかそばに誰かがきていた。

「こんなところにいらしたの」

涼やかな声に顔をあげると、そこには一華が立っていた。ヒトの姿で、セパレートになった露出の多いドレスを着ている。胸には銀のメダルが輝いていた。

「……あ、はい」

目を瞬かせて美しい人を見あげる。

「獅旺はおじ様方につかまったようね。少しいいかしら」

「あ、……どうぞ」

夕侑は身をずらして彼女のために場所をあけた。一華が古びた座面に、汚れを気にせず腰かける。

「あなたと話をしたかったの」

足を組んで前屈みになり、おもむろにそう切り出した。

「はい……」

どんな話をされるのかと少し身構える。

「あなたのことを教えて」

「え？」

一華が夕侑を見つめて言った。完璧な容姿の中で金茶色の瞳が輝いていた。

「僕の、こと、ですか？」

「ええ。獅旺とどうやって知りあったのか、彼と会う前はどんな生活をしていたのか」

聞かれて、夕侑は戸惑いながらも、手短に自分の出自を説明した。施設で育ったこと、それから学園でのことも。一華は頬杖をついて、一見興味のなさそうな表情で、それでも黙って話を聞いた。

「ふぅん。じゃああなたはヒト族だけれど生粋かどうかはわからないのね」

「はい、そうです」

この世界の人口のうち、九割は獣人で、残りの一割がヒト族だ。けれど生粋の人間はほとんどいない。両親がヒトと獣人の場合でもヒトは生まれてくるし、獣人の両親からも希にヒトは生まれる。

「ということは、あなたが獅旺の子供を産んだ場合、アルファ獅子以外の子になる可能性も考えられるわけね。しかもヒト族と獣人の間では子供ができにくいって言うじゃない。そうなればもう、アルファ獅子の確率は絶望的じゃないの」

「……そう、なりますか……」

夕侑はそこまで子供のことを深く考えたことはなかった。

ヒト族と獣人の間では、子供ができにくいと知ったのも、獅旺とつきあい始めてからだ。それ以前は、そういった話を耳に入れることもなかった。御木本家の跡取りと番ったのなら、将来のことは考えていかねばならなかったが、今はまだ実感が薄い。

「御木本も諌早も、純血の獅子一家ってことはご存じよね」

「獅旺さんから聞きました」

「純血の獅子は、日本でも数家しかないの。それほど貴重な存在なのよ。私と獅旺はアルファ獅子同士だから、子供が生まれればアルファの獅子になる確率が高かったわ」

一華は身を起こし、むき出しになっている下腹を手で撫でた。

「で、あなたは今、お腹に子供はいるの?」

いきなり思いがけないことを問われて、夕侑は大きく首を振った。

「いません」

オメガは妊娠すれば発情期がこなくなる。夕侑は数週間前に発情がきていたので、その可能性はほぼなかった。

「そう」

首を少し傾げて、こちらをじっと見てくる。美麗な顔から表情を消し、冷たい声で言った。

「私と獅旺はね、物心がつく前から結婚を約束されていたの。私はずっと、獅旺と結婚するって周囲から言い聞かされてきたのよ。だからその心の準備を幼いころからしていたの。この先の人生は彼と共にあるんだって。なのにある日突然、あなたがやってきてそれを奪っていったの。これがどういうことか、わかるかしら」

「……」

一華の瞳が夕侑の答えを待って冷淡なものになる。

「……僕らにもどうしようもないことなんです。運命の絆だったから」

バース性には出会った瞬間、魂で惹かれあう『運命の番』というものが存在する。夕侑と獅旺はその絆によって結ばれていた。

「もちろん、それだけじゃなくて、お互いを理解しあって、番になったんですけど……」

「ふうん」

小さくため息をつくと、胸からさげたメダルをもてあそぶ。

「でもだからって、結婚しなきゃならないことはないわよね。番になったって、未婚の人はいるのだし」

「……」

この人は一体何を言いたいのだろう。

夕侑が言葉を返せないでいると、一華はいきなりベンチから立ちあがった。

ドレスの裾をひるがえして目の前に立ち、輝くばかりの容姿を見せつけるように腰に手をあてて、素っ気なく言う。

「ねえ。あなた。もしもだけれど、私が獅旺の子供を妊娠してるとしたら、どうする？」

「えっ？」

予想もしない言葉を投げられて、目を剥く。

「子供？」

そんな夕侑を見て、一華は口のはしを面白そうに持ちあげた。

「そう。このお腹に獅旺の子がいたら、どうするかってこと」

＊　＊　＊

帰りの車の中で、夕侑はずっと黙りこんでいた。

先刻、一華に言われた言葉が頭の中で渦を巻いている。

一華は自分のお腹に獅旺の子供がいると言った。

あれは一体、どういうことだったのだろう。本当に彼女は妊娠しているのか。それともからかわれただけだったのか。婚約者を奪われた腹いせに、夕侑を困らせようと質の悪い嘘をついたのだろうか。いやもしかしたら、獅旺は過去に彼女と関係を持っていて――。

「あまり気にするなよ」

横から声をかけられ、夕侑はハッと我に返った。

「一華の祖父の言ったことなど、気にする必要はない」

「……あ、はい」

獅旺は一華と夕侑のやり取りを知らなかった。あの後、獅旺が戻ってきたとき彼女はもうベンチにいなかったからだ。だから夕侑が祖父との出来事で落ちこんでいるのだと思ったらしい。

もちろん、祖父に言われたこともショックだったが、今はそれ以上に一華の言葉に混乱していた。

彼女の言ったことは本当なのか。

「あの、獅旺さん」

運転中の獅旺に、邪魔にならないようそっと話かける。

「何だ?」

夕侑はいっとき考えて、まずあたりさわりのない話題を振ってみた。

「一華さん、って、……その、とってもきれいな方ですよね」

いきなり元婚約者をほめ始めた夕侑に、不思議そうな視線を投げてくる。

「ああ、まあそうなんだろうな」

獅旺はあまり気のない様子で答えた。

「よく、会ったりするんですか」

「一華と?」

「はい」

なぜそんなことを聞くのかと、前を見ながら眉をよせる。

「最近はほとんど会ってない。ゴルフ場で会ったのも一年ぶりぐらいか。どうしてそんなこと聞く？」

「あ、いえ。その……ちょっと気になって……」

言葉を濁した夕侑に、獅旺は信号で停止したのを機にこちらを振り向いた。

「何だ？　何が気になってる？」

「え？　いえ……」

歯切れ悪く答えると、獅旺も意味がわからないという顔をする。

「はっきり言わないとわからん」

「えっと、その……おふたりが、仲がよさそうに見えたので」

「いとこだからな。子供のころからのつきあいだし」

そう答えて、獅旺は何かを察したかのように「ああ」と口元をあげた。

「元婚約者だからって、別に過去に何かあったってわけじゃない。あいつはただの親戚だ」

彼女があまりに美人なせいで夕侑が余計な心配をしたのだと勘ぐった獅旺が、夕侑の腿をかるく叩く。

「お前のほうがずっと魅力的だ。安心しろ」

歯の浮くような優しい台詞を、微笑みと一緒にささやかれ、顔がポッと熱くなる。

信号が変わり、獅旺は運転に戻った。夕侑も触られた腿を手で押さえながら外の景色に目を移した。

こんなに強い愛情をくれる人が、自分を裏切るはずがない。一年も会っていないのなら、彼女の告白はどう考えても嘘だ。

自分はからかわれただけなのだろう。

夕侑は恋人の言葉に安堵しながら、シートに深く凭《もた》れかかった。

＊　＊　＊

そして翌週末、夕侑はまた獅旺の実家へと出かけた。

『獅旺の小さいころの写真を整理したの。よかったら一緒に見ません？　それからうちの料理人がワッフルを焼きますから、できたてにアイスクリームを添えてお茶にしませんこと？』

と真維子に電話で誘われたからだ。獅旺はゼミの仲間との用事が入っていたため、夕侑ひとりでの訪問となった。

「いらっしゃい夕侑さん」

華やかなツーピースに身を包んだ真維子が、いつものように歓迎してくれる。通されたリビングのテーブルには、数冊のアルバムとタブレット型コンピュータが用意してあった。

「データにした写真と、そうでない写真があるのよ。あと動画もね」

タブレットの使い方を教えてもらい、写真を一枚ずつひらいていく。

「……わ。これは……」

最初に、おくるみに包まれた小さな赤ちゃんが画面に出てきた。

「ふふ。獅旺よ」

「可愛いです」

ふくふくした赤いほっぺの男の子が眠っている。愛らしさに思わず笑みが浮かんだ。

指で画面をスライドさせると、次は少し成長した獅旺があらわれる。ベビードレスでベッドに横になっているが、顔はもうしっかり整っていて赤ちゃんなのに貫禄があった。その次はうつ伏せで笑っている写真。次々あらわれる獅旺はちょっとずつ成長していき、眺めるこちらの頬も微笑ましさに緩みっぱなしになる。一歳のお祝いにはもう、小さなスーツを着て立派な椅子にちょこんと座っていた。

「可愛い……」

どの写真も本当に愛らしい。子獅子の姿に、ヒトの幼子。そして成長するに従って、獅子族アルファとしての威厳と風格が容姿にあらわれてくる。

幼稚園、小学校と進むにつれ段々と幼さが消えていき、そのころから父親と共に社交の場に出ていたのか、大人と一緒に写した写真が多くなっていった。

その中で獅旺は歳に似合わぬ大人びた顔つきをしていた。雰囲気も表情の作り方も、どことなく父親の猛康に似ている。そしてなぜか、笑っている写真が減っていった。

画面に触れる指が思わずとまる。

何ものをも恐れぬ自信に満ちた容貌の少年は、瞳だけが暗くなっていた。

「懐かしいわ。このころの獅旺、本当によく頑張っていたから」

横で真維子がぽつりと呟く。夕侑は隣の人に視線を移した。

「この子はね、御木本家の跡取りとして、小さいころから主人のもとで厳しく教育されていたの。御木本家は代々、獅子の実業家としての歴史があったから、その名に恥じぬよう、強く賢い獅子に育つよう、生活のすべてを徹底管理され、数人の家庭教師をつけられていたのよ」

真維子の瞳は、幼い獅旺を見つめている。

「私は嫁いできた身だったから、御木本家のやり方に口を挟めなくて。主人のやり方は、端から見ていてもちょっと度を越しているんじゃないかってくらい厳しくて、私はいつも気をもんでいたの」

夕侑は黙って話を聞いた。

「けどね、獅旺はそれに全然音をあげず、懸命に食らいつくようにして勉強していたのよ。あの子にはちゃんと自覚があったのね、将来は御木本グループを牽引していく使命を負わされているのだと。そして獅旺自身も父親を尊敬していて、そうなりたいと望んでいるのだと。でも私は心配していたわ。親の言いなりになって敷かれたレールを従順に辿り、日に日に父親に似てくる息子を見て、このままでいいのかしらって。別に主人のことを悪く言うつもりはないのだけれど、子供の獅旺が段々、他人への優しさをなくして独裁者のような冷淡な思考を持ち始めていたことを危惧していたの。人の上に立つことを幼いころから教えこまれるとそういう面も出てくるわよね」

そこまで話して、真維子は顔をあげた。

「けれど、王森学園に入学して、あなたに出会って、獅旺は変わったのよ。オメガのあなたを手に入れるため、あの子は初めて主人に反抗したの」

「…………」

「私も最初はどうなることかとハラハラしたわ。あなたとのおつきあいを反対する主人に、頑として譲らず説得とぶつかりあいを二年間続けて。けれど最後に取引という形で決着がついたとき、私は気がついたの。ああ、獅旺はこれで一人前の男になったんだわって」

目を細めて嬉しそうに微笑む。

「男の子はいつまでも父親のイエスマンじゃだめでしょう。自立して、別の生き方を見つけていかないと。今の獅旺は以前よりずっと人間らしく、思慮深くなったわ。そして自分の言動に責任を持つようにもなったの。これは夕侑さん、あなたに出会ったおかげだと、私は思っています」

丁寧な口調で、感謝を伝えてくる。夕侑はその言葉に胸が一杯になった。

「主人も言っていましたわ。ずいぶん生意気になったと。ああ、これはほめているのよ」

ほほ、と真維子がかろやかに笑う。夕侑も笑おうとして、目に涙がにじんだ。

先日、一華の祖父からヒト族であることを悪く言われたせいで心に大きな蟠《わだかま》りができていたのだが、それがスウッと消えていく。

自分は、獅旺の両親に、ちゃんと歓迎されていた。番ったせいで仕方なく受け入れられたわけではなかった。

「あらあらどうしたの。そうだわ、もうお茶にしません？　そろそろ料理人にワッフルを焼かせましょう」

ぐす、と鼻を鳴らした夕侑を気遣ってか、真維子が腰をあげる。そこに家政婦がやってきた。

「奥様、先日の修繕の件で、業者さんがお見えです。どういたしましょう」

「まあそうなの。夕侑さん、ちょっと待っていてくださるかしら。すぐに戻りますから」

「はい。わかりました」

「ほらほら、写真でも見ていて」

泣きそうになっていた夕侑を元気づけるように明るく言うと、真維子は急いで部屋を出ていった。

残された夕侑は、もう一度タブレットに向き直った。

そうして何枚もの写真を見ているうち、あることに気がついた。

獅旺と一緒に、きれいな少女の写っているものが数枚ある。顔立ちからして、それは一華のようだった。

夕侑は最初から写真を見直した。すると幼稚園や小学校の行事、互いの家の祝いの場などでふたりが並んでいる姿を何枚か発見する。どれも獅旺はすまし顔で、一華は笑顔を浮かべていた。獅旺の腕に彼女が手を回しているものもある。

『――私は、獅旺と結婚する心の準備を幼いころからしてきたの。この先の人生は彼と共にあるんだって。なのにある日突然、あなたがやってきてそれを奪っていったの』

一華の言葉がよみがえる。

彼女にしてみたら、自分はひどい泥棒猫ということになるのだろう。恨み言だってぶつけたくなる気持ちも理解できた。

「けど、それは、僕にもどうしようもないことだったんです」

言い訳をするように小さく呟く。

運命の番に出会えるアルファとオメガはほんのわずか。ほとんどの人は出会うことなく人生を終える。夕侑と獅旺も偶然の導きで知りあったのだ。

運命は自分で操作することができない。それにただ流されてきたわけではなかったけれど、自分が幸せになったために犠牲になった人がいることに改めて気づかされる。

それでも夕侑は、獅旺の手を離すことは絶対に無理だと思った。

＊　＊　＊

熱々のワッフルと冷たいアイスクリームという、不思議だけれどとても美味しいデザートをご馳走してもらった後、夕方までアルバムを眺めてすごす。そして日が翳るころ、夕侑は御木本家を辞することにした。

「写真のデータはコピーしてそのうち獅旺に渡すわね。あと動画も」

「はい。嬉しいです」

「またいらして」

「ありがとうございます」

話しながら玄関に続く廊下を歩いていく。すると玄関ホールから家政婦と、もうひとり背の高い女性が歩いてきた。シックな黒のパンツスーツ姿は、一華だった。

「あら」

向こうも思いがけない再会に目をみはる。

「あらまあ、一華さん、どうしたの」

真維子も驚く。

「こんにちは、叔母様。この前お渡しできなかったお土産の洋書をもってきましたのよ」

「まあ」

紙袋に入った書籍を手渡すと、真維子が礼を言った。

「嬉しいわ。ガーデニングの本ね」

「ええ。お役に立つといいのだけれど」

一華は真維子に微笑み、その目を夕侑に向けた。

「こんにちは、お久しぶり」

夕侑も同じように「こんにちは」と挨拶を返した。

「一華さん、時間があるならお茶でも飲んでいかない？」

真維子が誘いをかける。

「ええ。ありがとうございます。でもすぐに帰るつもりでしたから、また今度にでも。――で、あなたは？」

一華が夕侑に聞いた。

「僕ももう帰るところです」

「そうなの？　じゃあ私の車で送っていきましょうか」

「え？　……いえ、それは」

「遠慮なさらずに。お住まいはどちら？」

夕侑は住所を告げた。

「方角は一緒だわ。ついでだからお乗りなさいよ」

強引な誘いに断る理由も思いつかず、結局一華の車で送ってもらうことになった。

彼女の車は真っ赤なスポーツカーだった。夕侑にはよくわからないがきっと高級な外国車なのだろう。運転席は左側で、シートは獅旺の車に負けないほど座り心地がいい。助手席に乗りこんだ夕侑がシートベルトを締めると、一華は慣れた手さばきでハンドルを扱い、街路へと車を出した。

彼女とふたりきりで一体何を話していいのかわからず、マンションの住所だけ告げるとそのまま黙りこむ。大ぶりのサングラスをかけた一華の表情はよくわからない。気まずい車内にエンジン音だけが静かに響いた。

「この前の話だけど」

口火を切ったのは彼女からだった。

「はい」

夕侑が運転席に顔を向ける。

「あれ、本当だから」

行き先を確認するような簡単な口調で言う。

「それは……その、子供がいるということですか」

慎重に聞き返す夕侑に、一華がサングラスの隙間からチラと目線をくれる。

「そうよ」

「え、……で、でも獅旺さんは、もう一年も会っていないと言ってましたが」

一華が口角をあげた。

「獅旺に話したの？」

「いえ。会ったかどうかだけ、聞いたんです」

「そう」

前を向いたままドライに呟く。

「でも、会わなくったって、子供を作ることはできるわ」

「え？」

意味がわからず問い返す。一華はカーナビの音声に従い、進路を変えるとハンドルを切りながら続けた。

「私と獅旺はね、十六の時に正式に婚約したの。そのとき、両家の間でいくつかの取り決めをしたのよ。その中に獅子の純血を守るため、互いの精子と卵子を凍結保存するという項目があったの。万が一、生殖不可能な状態になったときのために。私も獅旺もひとりっ子だったから」

「……」

夕侑は目を見ひらいた。

「婚約が解消されたとき、それは破棄されるはずだったけど、御木本家は不測の事態に備えて獅旺の精子をそのまま保存し続けることにしたの。諫早の親戚筋のクリニックで」

「……まさか」

「そう。それを使ったのよ」

夕侑の頭が混乱する。

「そ、それって、獅旺さんの許可を取ってですか？」

「いいえ。取ってないわ」

「勝手にそんなことしたら、大変なことになるんじゃ」

「そうね。なるでしょうね」

一華は落ち着き払っていた。

「どうしてそんなことを」

車は滑るように進んでいく。一華のハンドルさばきに迷いはない。

「獅旺と結婚したいの。どうしても。だからよ」

声に変化が生じる。冷静だった話し方が一瞬だけ、切迫したものになった。

「そうじゃなきゃ、ダメなの。私には、彼が必要なの」

ハンドルをギュッと握って何かをこらえるようにして言う。夕侑は呆然としながらそれを聞いた。

「だからあなたには、身を引いていただきたいわ。申し訳ないんだけど」

クッと顎を持ちあげて、また冷淡な声に戻る。プライドの高そうな一華がほんのわずか見せた鋭い感情の吐露に、彼女の本気が垣間見えた気がした。

けれどそれで、はいわかりましたと簡単に了承できるような事柄ではない。

「離れることは難しいです。……僕たちは普通の番じゃないので」

「運命の番ってやつね」

口元を持ちあげてうすく笑う。

「それがどれほど強いものなのか、私にはよくわからないけど」

かるく肩を竦めて、「そういえば」と話題を変えた。

「あなた、獅旺と出会ったとき、彼のこと一度振ったんですってね」

「えっ」

いきなり思いがけないことを言われて驚く。

「獅旺が婚約解消を願い出たのは、一年前だったけど、そのとき彼から聞いたのよ。『運命の相手に出会ったけど、番えるかどうかはわからない。無理なら一生片想いのままでいる』って」

夕侑は王森学園ですごしていたときのことを思い返した。たしかに当時の自分は色々と思い悩むことがあって、番になりたがっていた獅旺を自ら遠ざけた。本当は好きだったにもかかわらず、ひどい言葉で振ったのだ。

「びっくりしたわ。あの獅旺が二年近く辛抱強く待っていたなんて。あなたすごいわね、それだけ彼の心をもてあそんで、それから気が変わって番になったんでしょう」

一華の言い様はひどかったが、内容はほぼ事実だった。

「婚約を解消されたとき、私はたとえ運命の相手だとしても、そんなひどい扱いをするオメガだったら、いつかきっと獅旺も目が覚めて私のところに戻ってくると思ってたの。馬鹿な人ね、って心の中で笑ってたわ。けど四か月前に番契約をしたと聞いて、本当に、馬鹿なことをしたものだと、今度は腹が立ったの。誇り高き獅子が、そんなプライドを捨てるような真似をするなんて」

話しているうちに、夕侑と獅旺のマンションに到着する。エントランス前に車をとめると、一華はサングラスを外して言った。

「獅旺は私のものになるはずだった。彼のプライドは私のためにあるはずだったの。なのにあなたが横取りしてしまった」

真っ直ぐな金茶色の瞳が夕侑を責めてくる。

「……どうにも、できないことだったんです。僕にも、獅旺さんにも」

そう答えることが精一杯だった。困惑しながら唇を引き結ぶと、一華は冷めた目でじっと見てきた後、挑戦的にささやいた。

「運命の絆と、自分の子供との絆。どちらのほうがより強いのかしらね」

さらりと口にして、ドアのロックを解除する。それをおりろという合図なのだと理解した夕侑は、礼を言ってシートベルトを外した。

「送ってくださり、ありがとうございました」

ドアをあけて外に出ると、一華が背後で言う。

「それじゃあまたね。夕侑さん」

上品だが冷たい挨拶に、こちらも黙って頭をさげた。

スポーツカーがエンジン音を高らかに響かせて走り去る。

夕侑はそれをただ見送るしかなかった。

第二章

部屋に帰った夕侑は、獅旺が帰宅するまで玄関先で茫然と佇んでいた。思考は混乱の極みで、何をどうしていいのかまったくわからない。

一華のお腹には獅旺の子供がいる。本人に内緒で人工授精した子供が。彼女はその子を産む気なのだろうか。もちろん、そうでなければそんな無謀なことをするはずがない。だったら自分はどうしたらいいのか。子供のために、彼女の言う通り身を引くべきなのか。

そこまでして獅旺と結婚したがるのだから、一華は本気で彼のことが好きなのだろう。考えると腹の底がじわじわと冷えてくる。

もしも、獅旺本人がこのことを知ったら。元は婚約者だった女性だ。その相手が己の子を身ごもったとわかれば、たとえ運命の番がいても、離れていくかも知れない。

「……けど」

自分たちは簡単に別れられる関係じゃない。ならば、いわゆる日陰の立場になってそばにいようか。それを彼は望むだろうか。自分はその境遇に耐えられるのか――。

わからない。どうしていいのか。

グルグル渦巻く苦悩に呑みこまれ、めまいを覚える。

「……とにかく、ちゃんと、獅旺さんに話したほうがいい。……これは、僕だけで抱えていられる問題じゃない」

ひとりで悩んで、どんどん落ちこんでいくのは夕侑の悪い癖だった。獅旺はそれをわかっていて、何でも隠さず話せといつも言っている。

最悪の気分で靴を脱ごうとしたそのとき、玄関ドアがガチャリとあいた。

「お、帰ってたのか」

リュックを担いだ獅旺が、部屋に入ってくる。

「獅旺さん」

大切な番の顔を見たとたん、緊張の糸が切れて夕侑は相手に倒れこんだ。

「どうした？　何があった？」

すぐには言葉が出なくて、ギュッと抱きつくと獅旺が抱き返してくる。

「発情じゃないな。時計からは何も知らせがきてなかったから」

「……違います」

「じゃあ何があったんだ」

ほんの少しだけ、一華とのことは黙っていようかという考えが浮かんだ。彼女に断りもなく勝手に話していいものかどうか迷ったからだ。しかし事は重大だ。ひとりで抱えるには深刻すぎる。

「一華さんに、会いました」

「一華に？　何だ、苛められたのか？」

「妊娠したと告げられました」

「何？・」

獅旺が驚きの声をあげる。

「そうか。……あいつも、番を見つけたのか。それはよかったじゃないか」

「でも、相手は獅旺さんだと言われました」

「何っ？・」

今度はひっくり返った声を出す。

「俺の子？・」

「……そうです」

「…………」

返事がないので、そっと顔をあげる。すると獅旺は狐につままれたような表情をしていた。

「あり得ないだろ」

「凍結保存されている、精子を使ったそうです」

その言葉に、いぶかしげに眉をよせ、それから思いあたるふしを見つけたのか、みるみる顔つきを変えていった。

「あの精子を……使った？　それは本当か？・」

怒りが生じて背後に獅子の影が揺らぐ。夕侑は彼の怒気を肌に感じながら小さくうなずいた。

「何でそんなことを」

「それは……」

どう説明したものかと言い淀むと、獅旺は身を翻し玄関ドアをあけた。

「あいつの家にいく。どういうことか本人に直接たしかめる」

「今からですか」

「ああ」

ふたりで駐車場へと向かい、車に乗りこむとマンションを後にする。

一華の家は車で三十分ほどの距離にあった。獅旺はいき慣れているらしく迷いなく運転し、ほどなく目的地に辿り着いた。

獅旺の実家に負けないほど立派な屋敷のインターホンを押すと、しばらくして家政婦が門まで出てくる。挨拶もそこそこに彼女を押しのけ、獅旺はずかずかと勝手に玄関ドアをくぐった。

「あら」

廊下の奥から出てきた一華が、かるく目をみはる。

「夕侑から聞いた。俺の子がいるって、一体どういうことだ」

前置きもなく鋭い声でたずねれば、彼女はそれにひるむことなく腕を組んだ。

「本人に教えたのね」

夕侑を見て眉をあげる。

「……黙っているわけにはいかなかったので」

俯きがちに答えると、獅旺が怒りで瞳を金色にした。

「凍結精子を使ったってのは本当か」

周囲の空気がピリピリと熱を持つ。けれど一華は平気な顔で獅旺の怒り顔をいっとき眺めた後、ゆったりと首肯した。

「ええ」

「なぜそんなことをした」

今にも獣化しそうな様相で獅旺が問いただす。

「婚約解消を、解消して欲しくて」

「何？」

獅旺の眉がいぶかしげによる。

「だから、あなたと結婚したくて」

その答えに、獅旺は一瞬、戸惑った表情になった。

「無理だろ」

大きく首を振って、横の夕侑に目を移す。

「何で今さら。俺にはもう番がいる。運命の相手なんだ。そのことはもう、婚約を解消するときに伝えたはずだろう」

「その人は妾にでもすればいいじゃない」

顎で夕侑を示す彼女に、獅旺が声を荒らげた。

「馬鹿なこと言うな。絶対にそんなことはしない」

「私よりそのちんちくりんのほうがいいっていうの？」

「ちんちく……」

ひどい言われように夕侑が目を丸くする。

「見た目も十人並みのオメガじゃない。中身も大して優秀じゃないんでしょ。私のほうがずっと勝《まさ》ってる」

「夕侑は可愛いだろ」

獅旺が夕侑を抱きよせた。

「とにかく、何を企んでるのかは知らんが、お前が何をしようと俺は夕侑と別れるつもりはないからな。お前に子供がいようがいまいが、関係ない」

「…………」

美麗な顔が、すうっと色をなくす。一華は冷たい炎を瞳に宿らせて、ゆっくりとうなずいた。

「……そう。でも私も、雑種オメガなんかには負けたくない」

ライバル心をむき出しにして夕侑を睨んでくる。雑種オメガという今まで言われたことのないひどい悪口に、夕侑もショックを受けた。

「獅旺と結婚したいの」

まったく譲る様子のない相手に、獅旺が呆れ声を出す。

「なんで俺にこだわる？　お前だったら他にいくらでも相手を見つけることができるだろう。世界中から候補者を好きに選べばいいだろうが」

「私、自分より劣る獅子には興味がないの。あなただったら血統も家柄も私に釣りあってるわ。だから私の伴侶にしたいの」

長い髪をかきあげて顎を反らす姿は、高慢な女王そのものだ。

「相変わらず身勝手な思考だな」

実際、彼女の性格はそのようで、獅旺も牙を見せ威嚇の声をあげた。

「人の精子を無断で使うなんて犯罪行為だぞ。許されると思ってるのか。悪くすると裁判沙汰だ」

裁判沙汰という言葉にも平然としている。聞いている夕侑の方が青くなった。

「わかってるわ」

それだけの覚悟があってやったのだと、理解している表情で答える。

「じゃあ弁護士を用意する」

「どうぞ」

「本気で産むつもりなのか」

「もちろん」

「俺は認めない」

強固な姿勢を取る獅旺に、一華も一歩も退かなかった。互いの背後に雌雄の獅子が浮かぶ。

一華は冷酷な視線を、今度は夕侑に向けてきた。

「じゃあ、あなたはどうなの?」

「えっ?」

こちらを見おろす眼差しには獅子のオーラと、加えてアルファの威圧感が満ちている。いきなり問われて、夕侑はたじろいだ。

「あなたは、どうなさるおつもり？」

きつい口調に気圧される。

一華の腹には、獅旺の子供がいる。それも、ふたりの血を引く純血の獅子の子が。

ふいにこの前見た赤ん坊の写真が思い出された。あんな可愛い子が生まれてきたときに、父親がいないとなったら、きっと悲しい思いをするに違いない。

だったら自分は、身を引いたほうがいいのか。

獅子族には獅子族の伴侶が相応しいかもしれない。獅子を見るだけで怖じ気づくヒト族の自分よりは。

夕侑は瞳をそらせた。

「……考えさせてください」

困惑が判断を鈍らせる。弱腰になった夕侑に、獅旺が目を見ひらいた。

「夕侑？」

自分の番の返答に、信じられないという顔をする。

「そう。じゃあ、よく考えて答えを出してちょうだい。御木本家にとって最良の選択をしていただけると嬉しいわ」

一華が優越感に満ちた笑みを浮かべる。反対に獅旺の表情は硬くなり、微笑む一華を睨みつけた。

彼女の強固な姿勢に、獅旺はこれ以上ここで言い争っても無駄だと判断したらしく、夕侑の腕を取る。

「あり得ない」

一言吐き捨てると、踵を返して一華の家を出た。

＊　＊　＊

帰りの車中、獅旺はずっと無言だった。夕侑も頭が一杯で、何も話すことができなかった。会話がないまま帰宅し、リビングに入ると獅旺がいきなり言った。

「なぜ迷ったんだ」

「え？」

「なぜ、即答しなかった」

「…………」

「一華にどうするのかと聞かれたとき、考えさせてくれと言っただろ」

「……ぁ」

獅旺から獅子のオーラが立ちのぼる。

「どうして迷う必要があった？　俺たちが離れるなんてことは絶対にあり得ない、考えるまでもないだろ。俺はそうだ。けど、お前はそうじゃないのか」

夕侑は目を瞬かせた。

「……子供が、いると聞いたから」

獅旺の子供を、彼女は宿しているから。

「一華が勝手に作った子だ。責任はあいつが取るべきだ。お前が心配することじゃない」

「けど、獅旺さんの血を引いた純血の獅子です」

「純血にこだわる必要もない。俺はお前と番ったときからそう考えている」

獅旺が拳を握りしめた。

「俺の愛情はいつも百パーセントお前だけのためにある。俺はいつだってお前を守るために力を尽くす。なのにお前からは同じ量の熱が返ってこない。それがどれほどもどかしいことなのか、わかるか」

苛立ちを含んだ声音から、獅旺の愛情の深さを知る。

「ごめんなさい」

「なんで謝る」

そうじゃないというように苦々しく言い放った。

「お前の中で、俺はどれほどの存在なのか。一華の子供のほうがなぜ大事なのか」

夕侑が首を大きく振る。

「獅旺さんが一番大事です。僕にはあなたしかいない。でも、自分の存在が誰かを不幸にするのなら、それも苦しいんです」

その言葉に、獅旺が眉をグッとよせた。

「夕侑」

ふいを突かれた表情で息をつめ、困惑する夕侑を見おろしてくる。

「お前の存在が誰かを不幸にするなど――」

怒らせていた肩を、力が抜けたようにだらりと落とす。そして眉を八の字にしてやりきれない顔になった。

「そんなこと、考える必要なんかないのに」

獣の威圧感が瞬時に消えて、代わりに苦い呟きがもらされる。

獅旺は反省するように大きく深呼吸をしてから、夕侑を抱きしめてきた。

「運命の番は、何もかもを越えて強い絆を作る。それが周囲に不幸を生んだとしても、俺たちに抗うことはできないんだ。死ぬまで離れることは不可能なんだから」

諦めの混ざった口調は、怒りに囚われた自分に向けてなのか、それとも迷いのある夕侑に言い聞かせるためか。

「だからアルファは、自分のオメガを守るため尽力する。ただひとりの番を幸せにするために。……夕侑、今回のことは御木本家がまいた種だ。必ず、俺が全部解決してみせる。お前は俺のせいで苦しむことなんかない」

「獅旺さん」

やるせない表情になった獅旺が顔をよせてくる。夕侑の頬に手をあてて低くささやいた。

「不機嫌になって悪かった」

凛々しい眉をさげた相手に、小さく首を振る。

「……僕の大切な人は、あなただけです」

獅旺はため息混じりに微笑んで、そのまま唇を重ねた。謝罪を含んだ優しいキスに、胸が切なく痛む。

言い争いをした後の熱い唇を何度も触れあわせ、その合間に互いの背中をかき抱く。するともう、発情期でもないのに身体の奥に火がともる。あえかな吐息をもらせば、相手の瞳にも雑事を払った真摯な様子があらわれた。

「夕侑」

愛情を確認する行為は、発情とは関係ない。これは心を絡めあう営みなのだ。

獅旺が夕侑の頬や顎、そして首筋にキスをする。苛立ちが高めた興奮を、悔いと共に熱情に転換するように。強い愛をぶつけられて背筋が震えた。

「……獅旺さ……」

服ごともむように愛撫され、肌に快感が走る。

「……んっ」

足に力が入らなくなり、その場に頽《くずお》れると、獅旺が夕侑の腰を抱いて、近くにあったふたりがけソファに横たわらせた。大きな身体に押さえこまれて息がつまる。けれどそれも心地いい。

相手もわきあがる情動をとめることができないようで、夕侑を抱きしめ深い口づけを繰り返す。

力強い舌先が夕侑の舌を押して舐めて、飽きることなく弄んだ。

「ん、んっ」

上顎を舌でこすられると、そこからゾクゾクするような快感が生まれてくる。夕侑はたまらず声をあげた。

「そこ、だめ……」

「ぁ……もぅ……」

肩を竦めて逃げの体勢を取る。すると獅旺はなぜか上顎ばかりを舐めてきた。

声をあげるとさらに苛められる。

「俺は興奮するとすぐ、言動が荒くなる」

「ん……、はッ」

「わかってるのに、どうしても獣の本能が顔を出す」

ゆっくり、そっと唇で、唇をさする。そしてまた舌先で口内をまさぐった。

「んぁ……、あ、それ」

「ヒト族のお前を傷つけないようにと、そう思っていても、どうにもならないくらい、暴走するときがある」

「ふぁ、はぁ……っ」

「俺の獣性で、お前を怖がらせたくはないのに」

「……だい、じょうぶ」

夕侑は腕に力をこめた。

「しお……さんは、怖く、ないです」

何をされても受けとめられる。感じながらも微笑めば、獅旺は屈託を抱えた笑みを返してきた。

「お前は可愛い」

そしてまた深く口づける。ほんの仲直りのつもりだった戯《たわむ》れが、次第に熱を帯びてきて、お互い引き返せなくなってきた。走り始めたらもう簡単にはとまれない。

獅旺が右手を夕侑のベルトにかけてくる。手早くバックルを外すと、ファスナーをおろしてボクサーパンツの中に手を差し入れた。

「あっ……」

硬くなり始めていたそれは相手の手にたやすく反応する。先を促すように震えれば、相手の手も本気になった。ボトムを脱がさず、服の中で手をうごめかされて、夕侑の口から婀娜めいた声がもれた。

「んぁ……や、っ」

獅旺が下向きだったペニスの根元を掴んで、無理矢理上向かせる。布地に先端がこすれて、痺れるような快感が走った。

「あは……、うっ」

大きく喘ぐと、そこにまた口づけられる。夕侑は相手の首に両手を回して強く抱きつき、わきあがる激情をこらえた。しかし獅旺はそれ以上手荒なことはせず、己の望みは抑えこみ、ただ夕侑を気持ちよくすることだけに集中し始めた。

「ん……ッ」

大きな手が幹を包んで、上下に扱き出す。きつい快楽が性器だけに襲いかかった。

「はぁ……っ」

動きが速くなり、それにあわせて腰が揺れた。獅旺は夕侑だけ達《い》かせる気らしい。

「ぁ……もう……」

乱れる姿を明るいライトの下で見つめられ、全身が羞恥に燃える。愉悦から逃げたくなって身をよじった。

「やだ……僕だけ」

相手にしがみつきながら嫌々をする。けれど手をとめてくれない。

「顔を見せてくれ」

「……だめ」

「見たいんだ」

ギュッと目をとじると、額にキスをされる。唇は優しいのに手つきはいやらしい。獅旺はそのまま、指先を巧みに動かして夕侑を追いこんだ。

「あ……あ、……あっ」

内腿を震わせて、すぐに限界を超える。

「ん、ぁ、……ッ」

瞬間、先端から雫が迸ったのがわかった。ドクドクという感覚とともに鋭い快感が駆け抜ける。我慢できなくて、相手の手の中にすべてを吐き出してしまった。

「……うぅ……っ……」

それが落ち着けば、じわじわと恥ずかしさが戻ってくる。夕侑は獅旺の肩に顔を押しつけた。自分のものはまだ大きな手に包まれている。

「……手、が……」

「ああ」

離れる気配のない獅旺が、性器を握ったまま髪に口づけた。

「我慢できなくて……」

「そうさせたんだよ」

あやすような言い方に、おさまりかけた鼓動がまた早くなる。獅旺はしばらく余韻を楽しむように、汗ばんだ夕侑に何度もキスを落とした。

＊　＊　＊

翌朝、目覚めると隣に獅旺はいなかった。広いベッドの真ん中で寝返りを打ち、時計を見あげると針は午前七時を指している。

昨夜、ソファで仲直りの行為をした後、ふたりで一緒にシャワーを浴びて夕食をとり、それからベッドでまた身体を重ねた。獅旺は始終優しく夕侑を抱き、終われば逞しい腕に抱きこんで眠った。夕侑のことを怖がらせてはいけないと、いつもより丁寧に触れる指先に、彼の優しさを改めて感じさせられた夜だった。

窓から差しこむ朝日に、何度か瞬きをしてベッドをおりると寝室を出る。廊下を通ってリビングに入ろうとしたら、少しあいた扉の向こうから獅旺の声が聞こえてきた。

「――はい。ええ」

と答える様子から、誰かと電話をしていることがわかった。

「はい。それで今夜、話をしたいと思っているのですが。時間は何時でもいいです。父さんの都合にあわせます」

相手は父親の猛康のようだ。獅旺は父親に対しては丁寧な口調で話す。

「夕侑ですか?」

いきなり自分の名前が出て、ドキリとする。

「彼はずいぶん動揺しているようです。こんなことになってしまって。まだ御木本家に入る心の準備もできていないのに。だから話しあいには連れていきません。落ち着くまで様子を見ます」

リビングに入るタイミングを失ってしまい、夕侑はそっと扉から離れた。立ち聞きはよくないだろう。足音を立てないように廊下を引き返し、寝室に戻る。

もう一度ベッドに腰をおろして、ぼんやりと考えた。

獅旺の言葉に、昨日一華にはっきりと返答できなかった理由の一因を言いあてられた気がする。

彼女に『あなたはどうするの?』と問われて、咄嗟に『考えさせてください』と言ったけれど、その原因は彼女に子供がいるためだけではなかった。

自分にはまだ御木本家に入る覚悟ができていない。それであのとき、ひるんでしまったのだ。

生まれや育ちの違いに、血筋の問題。さらに獅旺以外の獅子を怖がるようなヒト族オメガが、獅子族アルファが群れる名家の伴侶になってうまくやっていけるのか。そんなことを考えたら、一華の方がずっと御木本家には相応しいと思えてしまい尻ごみしたのだ。

彼女は何もかもが完璧で、夕侑に勝てる要素は何もない。向こうもそれがわかっているのだろう。自信に満ちた一華は、美しく輝いていた。

「……けど」

それでも獅旺は、夕侑がいいと言ってくれたのだ。運命の相手だから必ず守ってみせると。

「そうだ。だから、しっかりしなきゃ」

獅旺に心配をかけたくない。大切な番なのだから。この先どうなるのかはまだわからないけれど、いつも心の中は前向きでいなければ。

「よし」

胸を反らせて、気持ちを新たにする。自分にできることをしよう。今までだってそう考えて困難を乗り越えてきた。

ベッドから立ちあがり、服を着がえる。そうしていたらドアがあいて獅旺が入ってきた。

「起きたのか」

「はい。おはようございます」

振り返った夕侑は、にっこりと微笑んでみせた。

「すぐに朝食の準備をしますね。今日は何時に家を出るのですか」

「八時だ。いつも通りに」

「わかりました。じゃあ、急がなきゃ」

笑顔を保ってキッチンに向かい、手早く食事の用意をする。コーヒーを淹れて、ベーコンを焼いて目玉焼きを作り、ロールパンに苺ジャムを添えてダイニングテーブルに運ぶ。それからふたりで向かいあって朝食をとって、一緒に後片づけをした。

「いってらっしゃい」

玄関まで見送りに出ると、スニーカーを履いた獅旺が顔をあげる。

「いってくる」

口元を大きく持ちあげて微笑む夕侑の、唇のはしをちょっとつまんだ。

「今夜は、バイトの後に実家にいく。帰りは何時になるかわからないから、夕食はひとりで食べてくれ」

「わかりました」

笑みを崩さない夕侑の頬を、何度かかるく指でもむ。

「あまり遅くなるようなら連絡を入れるからな」

「はい」

獅旺は「うん」とうなずくと、額にキスをしてから出かけていった。

残された夕侑は、獅旺が触れた頬に手をあてて呟いた。

「無理に笑ってたの、バレてたのかな」

なるべく落ちこんでいるところを見せないようにと気を張っていたのだが、悟られたかも知れない。

「ご両親との話しあいは、どうなるんだろう」

言葉にすれば、胸に暗雲が立ちこめる。夕侑は「いけない」と首を振ってマイナス思考を頭から追い払った。

＊　＊　＊

バイトの時間まで洗濯をしたり、大学の勉強をしたりしながらすごし、九時少し前にマンションを出る。夕侑のバイト先は家から徒歩五分のコンビニだ。仲のいい虎族の先輩スタッフと一緒に一日忙しく働いて、午後五時すぎに帰宅する。獅旺がいないので簡単に夕食をすませて、また勉強をした。

『遅くなりそうだから、先に寝てろ』

とスマホに連絡が入ったのは、時計が零時を回ったころだった。

「まだ終わらないんだ……」

寝ろと言われても、気になって眠れるはずがない。夕侑はまた教科書に向き直った。けれど内容が頭に入らなくなり、一時間ほどで諦めて本をとじる。もうベッドに入っていようかと考えたとき、玄関ドアがガチャリと鳴った。

「おかえりなさい」

部屋から飛び出して玄関に向かう。

「なんだ、起きてたのか」

寝ていると思っていたらしく、獅旺がちょっと目をみはる。

「はい。まだ眠くなくて」

「そうか」

疲れた様子でスニーカーを脱ぐ獅旺に、たずねたいことはいくつもあったが、それを我慢して相手が切り出してくれるのを待った。

リビングに入ると、獅旺はリュックを床に放り出してソファにドサリと腰をおろした。ひとつため息をついて髪をかきあげ、夕侑を手招く。呼ばれたので隣にそっと腰かけた。

「親父と母に、話をしてきた。ふたりとも、こんな勝手なことをしてと一華にひどく怒っていた」

「そうですか」

「諫早家にも連絡を入れたら、一華の祖父と父親も何も知らなかったらしく、青天の霹靂といった反応だった」

一華の祖父と父親と聞いて、祝賀パーティで会ったふたりの男性を思い出す。ひとりは頑固そうな老人で、夕侑のことをあまりよく思っていない印象を受けた。もうひとりの横にいた父親は、気の弱そうな人だった。

「明日の夜に、諫早家の面々と話をすることになった。多分、明日も帰りは遅くなる」

「わかりました」

あの人たちは今回の騒動にどう対処をするのだろう。

心配げな顔になった夕侑の手を、獅旺がギュッと握ってくる。

「大丈夫だ。この件は俺が必ず何とかする」

しっかりとした口調に、夕侑も微笑みを返した。けれど『何とかする』という言葉は、まだ何も対策が決まっていないことを示している。

これからどうなっていくのか。両家の話しあいはどんな方向に進むのか。不穏な結末は、考えまいとしてもどうしても心を占領してくる。

そして翌日も、獅旺は帰りが遅かった。

悶々としながらベッドの中で待つうちに、うとうとと眠りにつく。明け方、空が白むころにやっと獅旺は帰宅したらしく、隣に人の入ってくる気配がした。

「……獅旺さん?」

「ああ」

短く答えて、すぐ寝息に変わる。

「今夜も、遅い。……多分……」

寝言混じりの報告に、夕侑もまどろみながらうなずいた。

やがて日が昇ったので、夕侑はそっとベッドを出た。獅旺はできるだけ寝かせておいてあげたいと考え、ひとりで朝食の準備をする。スクランブルエッグを作っていると、あくびをしながら本人がキッチンにやってきた。

「……悪いな。手伝わなくて」

「いいんです。今、用意しますから」

「うん」

顔を洗っても半分瞼のおりたままの獅旺が、ダイニングテーブルに着いたのでアイスコーヒーを出す。

「昨夜の話しあいだがな」

「はい」

獅旺はコーヒーを飲みつつ経過報告をした。

「諫早家のほうで、凍結精子を保管していたクリニックに調査を入れたそうだ」

「……はい」

トーストやジャムを並べる夕侑の手がとまる。

「三か月前に、ひとり急に辞めた医師がいて、どうやらそいつが一華に協力したらしい。俺の凍結精子も持ち出されていた。人工授精を手伝ったのもその医師じゃないかと疑っている。今、本人を探してるところだ」

「じゃあ、本当に処置はしてるんですね」

「ああ。でまかせじゃなかったようだ。一華は産婦人科医の診断書とエコー写真も出してきた」

「……そうですか」

妊娠が紛れもない事実であるという具体的な証拠に、夕侑は心中で動揺した。けれどなるべくそれを表に出さぬよう、落ち着いて答える。獅旺はベーコンとスクランブルエッグののった皿にフォークを立てながら話を続けた。

「それで、諌早の爺さんが、子供ができたのなら結婚すべきだと主張して、勝手に作ったことには慰謝料をいくらでも払うと提案してきた」

「……」

「俺が結婚はできないと拒否したんだが、だったら、結婚しなくとも子供だけは産ませたいと言ってきた。アルファ獅子であることはほぼ確定だからな。認知も養育費も必要ない、こちらで育てるから一華に産ませろと」

獅旺はベーコンを口に放りこみ、うんざりした顔になった。

「じゃあそうするしかないかと、仕方なく御木本家が了承しようとしたら、今度は一華がそれは嫌だと言い始めた。どうしても俺と結婚しなきゃダメなんだと。諌早の爺さんは一華を溺愛してるからな。一華がそう望むのなら、そうして欲しいとまた言いだして。それで話が進まなくなった」

スクランブルエッグはトーストにのせてそのまま頬張る。

「しかし一華はなんであんなに俺と結婚したがるんだろう」

獅旺は首を傾げて不思議がった。

「あいつのスペックなら世界中探せばきっと他に候補はいくらでも見つかるだろうし、大体、あれだけ自立してる雌獅子だ。実家は由緒ある家柄で本人も優秀なんだから結婚せずとも幸せになれるだろう。俺にこだわる理由がまったくわからん」

夕侑も対面の席に座り、トーストにジャムを塗った。

「それは……、獅旺さんのことが好きだからじゃないんですか？」

「俺のことを？」

トーストを食べ終わった獅旺がこちらに目を向ける。

「ええ。どれだけ沢山のものを持っていたとしても、やっぱり好きな人と一緒に生きていきたいものなんじゃないでしょうか。だから結婚にこだわるんじゃ」

獅旺と一華が一緒に写っていた写真を思い出す。彼女は獅旺の横でいつも微笑んでいた。

「あいつが俺のこと好きだって？」

いぶかしげな顔つきになる。

「信じられんな」

即答して、カットした林檎にフォークを刺した。

「一華とは二十年近くのつきあいになるが、あいつが俺に惚れてると感じたことは一度もない」

「それは、獅旺さんが気づかなかっただけじゃ……」

獅旺は林檎の刺さったフォークを立てて否定した。

「いや。絶対にない。あいつはな、子供のころからいつも女王みたいに威張ってて、俺を家来か下僕のように扱ってたんだ。自分のことが一番好きで、他は全員格下。俺には命令してばかりで、こっちが拒否すると獣化して、すぐに喧嘩になった。そんな奴が、俺を好きになるとは思えんな」

「獅旺さんを家来か下僕のように扱ったんですか？」

信じられない。

「そうだ」

「……でも」

凍結精子を奪ってまで子供を作るなんて大それたことは、本気で好きでなければできない暴挙だ。先日一華の車で送ってもらったときも、彼女は『どうしても私には獅旺が必要なの』と真剣な表情で言っていた。

きっと獅旺の知らない想いが相手にはあるのだろう。

「子供まで作るくらいだから、……好きなんですよ」

「どうかな。俺はそうじゃなくて、何か別の目的があって俺と結婚したがってるんじゃないかと考えてる」

「え？」

夕侑は目を見ひらいた。

「別の目的？」

「そうだ。それで俺を利用しようとしてるんだ」

「まさかそんな」

「いや、あいつならやりかねん。俺のことも便利な家来だと思ってるふしがあるから」

「……」

獅旺の推理に首を捻る。

「どんな目的があるんでしょう」

「さあ。それは知らんが、あいつの妊娠には裏があると俺は睨んでいる」

と林檎に歯を立てて言い切った。

彼女は何を考えて、あんな無謀なことをしたのか。一華の口ぶりからは、獅旺への執着が見て取れたのだが、違ったのだろうか。

ふたりの関係がよくわからない夕侑には、獅旺の予想があたっているのか間違っているのか、すぐには判断できなかった。

＊　＊　＊

獅旺の遅い帰宅は数日続いた。その間、諫早家との話しあいは暗礁に乗りあげたまま何の進展もないらしく、本人はただ疲れて帰ってくるだけだった。

「おかえりなさい」

「ああ」

午前零時すぎの玄関で、獅旺が紙袋を渡してくる。

「これ、母からだ」

袋の中身は、桃とシャインマスカットだった。

「わ……いい匂いです」

「お前のこと心配してた。大丈夫かって」

「申し訳ないです。僕は大丈夫なので、明日にでもお礼のメッセージを送ります」

「ああ」

キッチンにいき冷蔵庫に果物をしまうと、リビングにいる獅旺に呼ばれたので、ソファに座る彼の横に腰をおろした。

「今日は、どうでしたか……？」

そっとたずねると、獅旺は背もたれに両手をおいて呟いた。

「まだ停滞中だ」

「そうですか」

「諫早家は大事になるのを怖れて、どうにか早く解決したい様子を見せてくる。けど、こっちはそのつもりはない。向こうが無理な要求をするようなら、示談ではすまなくなるかもしれん。そうなれば告訴もあり得る」

告訴という言葉に驚きの声が出る。

「え……そんなことに……」

「弁護士と相談中だが」

夕侑は生まれてくる獅旺の子供のことを心配した。子供には何の罪もないのに両親が争うとはあまりにも不憫だ。

けれど、この件に関して自分ができることは何もない。黙ってうなずくにとどめると、獅旺も目をとじて眉間をもんだ。

お互い疲れが溜まっているようで、獅旺はいつもの元気がなかった。夕侑も実は気苦労から少し体重が減っている。

「明日は土曜だな」

「はい」

「どこか、ゆっくりできるところで、美味いものでも食べるか」

「はい」

獅旺が夕侑の髪に手を伸ばした。うなじの短い部分をつまんで、かるく弾く。

「何がいい？」

「僕は何でも」

「体力のつくものがいいな。やっぱ肉か」

「ええ」

「お前はデザートだな」

「そうですね」

少し笑うと獅旺もつられて微笑む。

「じゃあ店を探しておく。がっつり食べるぞ」

大きな手が耳の後ろを撫でる。くすぐったさに肩を竦めれば、頬に優しいキスをされた。

そして翌日、一緒に出かけた先は都心にある一流ホテルだった。そこに入っているステーキハウスが獅旺のお気に入りだと言う。

落ち着いた雰囲気の店内では、上品そうな客たちが食事を楽しんでいた。肉を焼く音と、スパイスの刺激的な香りが鼻をくすぐる。奥にはテーブル席もいくつかあった。

「立派なお店ですね」

「目の前の鉄板でシェフが焼いてくれる。好みの食材を好きな焼き加減にしてもらえるし、デザートも充実してるからな」

カウンターに案内されて、店員からメニューを手渡され、夕侑はいつもの癖で最後のページをひらいた。そこには自家製シャーベットの写真がいくつものっていた。

「……わ」

「こら、デザートは後だ。まず肉を選べ、肉を」

横から獅旺に叱られる。

「あ、はい」

ステーキは獣人サイズらしく、どれもボリュームがあった。たくさんのメニューの中から獅旺は分厚いサーロインを、夕侑はフィレを注文した。

最初に出された前菜を味わっている間に、鉄板で肉が焼かれる。フランベの炎が高くあがると、夕侑は思わず「わっ」と声をあげてしまった。

「……すみません。恥ずかしいですね、僕」

焦って獅旺にこっそり謝ると、気にした様子もなく「構うもんか」と楽しそうに言う。店員も夕侑の反応を微笑ましく見ていた。

やわらかくて甘味のあるレアステーキをゆっくり堪能し、途中でガーリックピラフを添えてもらう。最後は柚子のシャーベットと飲み物でコースをしめた。

「美味しかったです……」

「少しは元気になったか」

「はい。充分に」

「そうか。なら連れてきてよかった」

腹が満たされれば、気持ちにも余裕が出る。ここ数日沈みがちだった気分も獅旺のおかげで上向いた。相手も同じだったようで満足そうな顔をしている。

時間をかけて食事を楽しんだ後、そろそろ帰ろうかと席を立つ。すると、入り口側から団体客がやってきた。十人ほどの年輩の男性だ。フロアを横切る集団とすれ違おうとしたとき、横からふいに声をかけられた。

「おや、獅旺くんじゃないか」

老年の紳士が獅旺を呼びとめる。見れば一華の祖父だった。隣にはこの前と同じく父親もいる。

「こんにちは」

獅旺は礼儀正しく挨拶をした。夕侑もならって頭をさげる。

「こんにちは、獅旺くん、偶然だね」

父親が横から穏やかに微笑んだ。

「教授。お知りあいですか?」

と集団のひとりが祖父の背後から聞いてくる。

「ああ。きみらは先に席にいってくれ」

偉そうに手を振るところを見ると、どうやら医者仲間の集まりらしい。

祖父は獅旺に向き直り、冷笑を含んだ声で言った。

「優雅にふたりで食事かね。一華は心労で肉もまともに食べられぬほどになっているというのに」

「……え」

祖父の言葉に夕侑が驚く。あの気の強そうな女性がそんなことになっているとは。しかし獅旺は何も言い返さず、静かにただ瞳を伏せた。

「お義父さん、ここでその話はちょっと」

父親が助け船を出す。

「婿くんはさがってなさい」

「あ、はい……」

父親は一歩引いて、夕侑と獅旺に申し訳なさそうな顔をした。

「獅旺くん、出かける暇があるのなら、一華のほうも少しは見舞ってやってくれんかね。あれもきっと君に会いたがっているだろう」

「わかりました。では時間を見ておうかがいします」

素直に頭をさげる獅旺に、「うむ」と鷹揚にうなずいてから、祖父は店の奥へと入っていった。

「すまないね、獅旺くん」

父親が言い添えて、祖父の後を追う。ふたりが離れてから、獅旺は小さくため息をついた。

「出るか」

そう言って夕侑の背に手をあてた。

店を出て地下駐車場までおりる途中、夕侑は気になってたずねてみた。

「一華さん、具合がよくないのですか」

獅旺はあまり心配していない顔で肩を竦める。

「一華が肉を食わないのは昔からだ。あいつは野菜中心のベジタリアンみたいな生活を送っている。人前だと体裁がよくないので少しは食べるが、それもほんの一口だけ。スタイルをキープするためだとか言ってるが、獅子らしくない振る舞いだと俺は思ってる」

「そうなのですか。体調が悪いわけではないのですね」

「多分な」

「あの体型を維持するのはきっと大変なんでしょうね」

「もし具合が悪ければきちんと食べて栄養をつけるべきだ」

「会いにいくのですか」

「いかない。代わりに生肉を送ってやる」

素っ気なく言って、獅旺は車に戻った。

＊　＊　＊

諫早家との話しあいは難航しているらしく、週が明けた後も毎日獅旺の帰りは遅かった。

マンションでただ待つだけの夕侑は気をもむばかりで、けれどそれを表にはなるべく出さないよう、できるだけ明るく彼に接するようにした。

しかし心中では不安が少しずつ蓄積している。獅旺は大丈夫と言ってくれるが、ある日突然彼との仲を裂かれる夢を見たりして、そんな日は一日中、何をしていても気がそぞろになってしまった。

七月も中旬に入っている。梅雨も明けたある暑い日、夕侑は大学の面接授業のため九時前に家を出た。

エントランスをくぐって道路に一歩踏み出すと、真ん前の車道にとまる赤色のスポーツカーが目に入る。

「……あれ」

見覚えのある車にそっと近づいていけば、運転席の窓があいて一華が顔を見せた。

「こんにちは」

黒のノースリーブに、サングラスをかけた笑顔で挨拶される。

「……こんにちは」

こんなところでどうしたんだろうといぶかしむ夕侑に、一華は構わず続けた。

「あまり待たされるようなら部屋にいこうかと思ってたの。つかまってよかったわ。ねえ、ちょっとお時間いただけるかしら?」

どうやら夕侑を待っていたらしい。

「何かご用でしょうか」

「この前の答えを聞きにきたのよ。あなたはどうするのかってたずねたの、覚えてるかしら」

「……あ。はい」

一華の家にいったときに、そう聞かれたままだった。

「諫早家との話しあいに、あなたはいつまでたっても顔をお出しにならないでしょ」

「……出なくてもいいと、獅旺さんに言われてますので」

「そう。じゃあ答えを聞くのとは別に、両家の話がどう進んでるのか知りたくはない?」

「獅旺さんから聞いてますから」

「それ以外の、私のほうの話は?」

「…………」

知りたいかと聞かれたら、たしかに知りたい。獅旺の話はいつも端的で、詳細は教えてもらえていなかった。

「でも、僕これからスクーリングで、大学にいかなきゃならないんです」

「あらそう。それは何時に終わるの」

夕侑は終了時間を伝えた。

「だったら、そのころに大学の正門前までいくわ。そこで落ちあいましょう。連絡先を教えて」

と言われて、少しだけ迷ったが結局メッセージアプリのＩＤを交換した。

「どこか、落ち着いて話せる場所を探しておくわね」

「はい」

何の話をされるのだろうと心配しつつ、強引さに押されて、夕侑は一華とふたりきりで会うことになった。

大学に向かいながら、獅旺にはこのことを伝えておこうかと考える。しかし一華は、彼を介さず直接自分に会いにきた。それに両家の話しあいで自分が知らないことを教えてもらえるのなら、この機会に聞いておきたい。取りあえず、話を聞いて、獅旺には後で内容を伝えようと決めた。

夕侑の大学は郊外にある。最寄り駅からバスで二十分の校舎で久しぶりの講義を受け、終わってから正門を出ると、少し先の道路に一華のスポーツカーがとまっていた。

「このあたりは田舎ね。ちょっと離れたところにカフェがあったから、そこにしましょ」

夕侑が車に乗りこむと彼女が言う。学生らが興味深げに見てくる中、一華は華麗にハンドルを切って店に向かった。

十分ほど走り、ログハウス風の洒落たカフェの広い駐車場に車をとめて店に入る。明るい窓際席に案内されて、向かいあって座った。

「両家の話しあいが、平行線なのはご存じかしら」

注文した飲み物が運ばれてくると、一華はおもむろに話し始めた。

「はい」

夕侑はアイスティーにストローを刺して答えた。

「諫早家のほうは結婚に前向きで、どうにかしてそこに持っていきたいと考えているのだけれど、獅旺がどうしても無理と言ってきかないの」

一華はアイスコーヒーをブラックで飲んだ。

「御木本のご両親は、一応獅旺の意見を尊重しているけど、内心では多分、私との結婚を歓迎しているはずだわ」

「……」

獅旺の両親の意向については、彼女の言葉を安易に信じるべきではないと考えた。猛康と真維子は、夕侑にとてもよくしてくれている。その人たちの印象を、勝手に悪くするのはよくないだろう。

「どうにも事態が動かなくなってしまって。もうこうなったら、夕侑さん、あなたに進めてもらう他、方法がなくなってしまってるのよ」

「僕にですか?」

「ええそう。あなたが潔く獅旺を諦めて、別れましょうって彼を説得してくれたらすべてがうまくまとまるの」

「……それは、前にも言いましたが、無理なんです」

「運命の番だから？」

「そうです」

一華は大仰にため息をついた。

「運命の番って、よく聞くけど、本当のところはどんな関係なの？　出会った瞬間、惹かれあって魂までも共有するって言うけど、それって何なの？　愛なの？　違うわよね、一瞬で相手の何もかもを理解するなんて無理だもの」

「そうですね。けど、僕らは三か月間一緒に暮らして、お互いを理解していったんです」

「三か月？　たったそれだけで？」

一華が片頬をあげる。

「それで、あなたは獅旺をどこまで理解してるっていうの」

「それは……」

口ごもる夕侑に、一華が身を乗り出してきた。

「獅旺が何を好きで、何が苦手か。好物は何で、将来の夢はなんだったのか。答えることができる？」

挑戦的な口調に、たじろぎながら答えを探す。

「好きなものは……、えと、……サニーマンだと思います」

「何それ」

一華が身を引いて、呆れ声を出した。

「アニメの主人公です」

「知らないわそんなもの」

手を振って否定する。

「じゃあ苦手なものは？」

夕侑は首を捻った。

「何だろ……」

怖いものなどない感じの人だ。

「知らないのね。だったら将来の夢は？」

「それは、サニーマンになることです」

自信を持って答えたのだが、一華は眉をよせた。

「だから何よそれ」

あんなに有名なアニメなのに、彼女は知らないらしい。

「いい？　彼が好きなのは機械いじりと空想科学小説。嫌いなのは熱い場所。好きな食べ物はとにかく肉系。将来の夢は、機械工学の研究者、――だったわ」

「機械工学の研究者？」

初めて聞く話だ。夕侑が驚くと、一華が得意げに口角をあげる。

「そうよ。知らなかったの？」

「……はい」

父親の跡を継ぎたがっているのだとばかり思っていた。御木本グループを牽引する経営者になり、そして密かにサニーマンのような正義の味方も目指す。それが獅旺の夢だと、夕侑は聞いていた。

「獅旺はずっと研究者になる夢を持ってたのよ。けど、父親に反対されて、諦めざるを得なくなった」

一華がストローで氷をつつく。

「私はよく覚えてる。あれは小学三年のときだったわ。彼は空想科学の本を家庭教師から借りて、それに夢中になったの。将来は自分も機械工学の分野で博士号を取って、研究職に就きたいって、私に目を輝かせて語ったものよ。でもそれを知った彼の父が、そんなものになるのは許さない、お前の将来は経営者だ、と言って本を取りあげて、目の前で燃やしてしまったの」

「……そんな」

「獅旺はひどく悔しそうな顔で、それを見ていたわ。けれど、父親に逆らおうとはしなかった。彼自身もきっとわかってたのね。叶うことのない夢だったんだって」

一華はアイスコーヒーを見つめながら呟いた。

「そういう姿を私はいつもそばで見てきたわけ。そして私がつらいときがあれば彼がそばにいてくれた。私たちはそうやって十年以上、支えあって生きてきたの。同じ名門の家に生まれた獅子アルファとして、避けられない運命を一緒にどうにか乗り越えて」

彼女の語るふたりの関係は、獅旺から聞いていたものと大きく違っていた。獅旺は自分のことを家来や下僕扱いだと言っていたはずなのに、この人にとっては、彼はとても大切な存在になっている。お互い相手の見方がずいぶんと異なっているようだ。

「私には、どうしても獅旺が必要なの。私がこれからも獅子アルファとして生きていくために。だから彼を返して欲しいの。あなたの答えを聞かせて」

「…………」

夕侑はどう答えていいかわからなくて黙りこんだ。一華が女王様で我が儘なのはたしかなのだろうが、獅旺のことを好きなのも間違いないのかもしれない。

「彼さえ私にくれるのなら、代わりにあなたには望むものを差しあげるわ。何だって、欲しいものを用意する」

獅旺はものじゃない。あげるくれるの問題ではないのだ。

「どう？　身を引いてくれない？」

「僕には、決められません。……獅旺さんに従います」

そう答えるのが精一杯だった。

夕侑の言葉に、一華が落胆した顔で背もたれに倒れる。そしてコーヒーに視線を落とし、大きなため息をついた。

「あなたって、自分の意思がないの？」

「えっ」

「彼の言う通りにするってことは、言いなりになるってことでしょ。まあ、それはとってもオメガらしい考えだけれど」

夕侑に目を戻し、小首を傾げる。

「けど自分から獅旺を取りにいく気もないのなら、それって本当に運命の番なの？」

痛いところを突かれてうなだれる。たしかにそうだろう。けれど自分にはまだ自信も勇気も揃ってなくて――。

黙りこくってしまった夕侑に、一華もどうしようかという顔になる。

「流されて番になって、獅旺にぬくぬく甘やかされて守られて。これからもあなたはそうやって生きていくつもりなのね」

ストローで氷をつつくが、それはまるで夕侑の心をチクチクつついているようだった。そしてポツリと言う。

「正直、羨ましぃわ」

一華はアイスコーヒーを飲み干した。

「もうこれ以上、あなたには何を言っても無駄みたい」

諦め顔で周囲を見渡す。昼食時にさしかかり、客が増えて店内が騒がしくなり始めていた。夕侑たちの隣の席にも数人の子連れ客がやってくる。大きな話し声に、こちらの会話がかき消されそうになった。

「もう出ましょう」

その言葉を境に、話しあいは終了した。

＊　＊　＊

広い駐車場を横切って、はしにとめてある彼女の車に向かう。

「家まで送るわ。どうせ同じ方角なのだし」

「すみません」

「別に構わないわよ。誘ったのは私なんだから」

長い足で颯爽と闊歩していた一華は、しかし途中で、ふと歩みをとめた。

眉根をよせ、怪訝な表情になると、目を左右に泳がせる。夕侑はどうしたのかと彼女を見あげた。

一華の顔に雌獅子の影が揺らぐ。と思ったら、いきなり口元を手で押さえて「ウゥッ」と呻いた。

「え？」

急にその場にしゃがみこんで、地面に膝をつく。

「ど、どうしたんですかっ」

夕侑も屈んで声をかけた。俯いた顔をのぞきこむと真っ青になっている。

「…………っ」

目をきつくとじて吐きそうな様子になっていたので驚いた。もしかしてこれは、つわりというものなんだろうか。

「大丈夫ですか？」

声をかけるが答えられないようで、一華はただ肩を震わせた。

「店に戻ります?　少し休ませてもらいましょうか」

動揺しながら声をかけると、彼女は首を振った。

「……車に……戻るわ……」

それだけようやく小声でもらす。

「わかりました」

よろめく一華を支えて立たせ、車に向かう。運転席をあけて中に座らせるも、気分は非常に悪そうだった。

「ドア、しめて。匂いが……」

「はい。熱いので、すぐ冷房を入れてくださいね」

車内の温度は五十度を超えているだろう。夕侑は助手席に移動した。車に乗りこむが、一華は口元を押さえてぐったりしたままだ。とても運転はできそうにない。

「一華さん、あまりひどいようなら病院へいきますか?　タクシー呼びますから。それとも救急車のほうがいいですか」

「結構よ……薬飲むから。そうすれば、多分、おさまる……」

「じゃあ僕、お店の人にお願いして、水をもらってきます」

「……ええ、お願い」

夕侑は車を出て店に走った。店員にお願いしてコップ一杯の水をもらうと、そのまま走って車に戻る。

その途中、駐車場の隅で小さくて黒い物体がもぞもぞ動いているのが目についた。

「……あれ」

隣の雑木林との境目に、拳ほどの大きさの子猫が丸まっている。

「こんなところで。車がきたら危ないのに」

気になったが見にいく余裕はない。夕侑はスポーツカーに戻ると、一華に水を差し出した。

「もらってきました」

「ありがと……。そのバッグから、黒いポーチ、出してくれる……」

「あ、はい」

「薬が入ってるから……」

ポーチをあけると、中には錠剤のシートが大量に並んでいた。一華に差し出せば、彼女は慣れた手つきでいくつかの錠剤をプチプチと外し、すべて口に入れた。夕侑から水を受け取ると一気にゴクリと飲み下す。

「……」

つわりって、こんなにたくさんの薬を飲むものなのだろうか。夕侑にはわからなかったが、一華はシートを倒すとそこに横になった。

「しばらく休ませて」

「はい。じゃあ、僕ちょっと出てきます。すぐに戻りますから」

子猫のことが気になった夕侑は急いで車を出た。さっき黒猫を見つけた場所まで走っていくと、猫はまだそこにいた。

「野良猫かな」

獣人の赤ちゃんではなく、獣の猫だ。抱きあげようとすると、隣の雑木林からミャアミャアという別の鳴き声が聞こえてきた。

「え？　まだいるの」

夕侑は雑木林に足を踏み入れた。すると草の陰に、沢山の子猫が団子になっているのを発見した。

「うわ、これは」

生まれたばかりのようで、まだ目もひらいていない。どの子もか弱く震えていた。

「誰がこんなところに捨てたんだ」

慌てて雑草をかきわけ猫の元へいくと、近くに親猫が横たわっているのを見つける。

「あっ」

母猫はぐったりしていた。しかも後足のあたりに大量の血がこびりついている。

「大変だ」

親猫はまだ息があった。生きている。こちらも獣人ではなくただの獣だ。夕侑は雑木林を出て周囲を見渡した。

「どうしよう」

車には具合の悪い一華がいる。けど猫も放っておけない。夕侑はいったん車に戻ると彼女に告げた。

「すみません、ちょっと待っててくれますか。猫を大量に発見してしまって」

「猫……？」

「一華さんのほうは、大丈夫ですか」

「……ええ。ドア、しめて……」

震え声が気になったが、大丈夫と言われたので、夕侑はドアをしめると猫の元に戻った。けれど自分ひとりではどうにもできない。

「どうしよう。お店の人に助けてもらおうか」

あいにく駐車場には誰もいなかったので夕侑は店に急いで戻ると、店員に事情を話した。驚いた女性店員ふたりが一緒に店の外にきてくれる。子猫の群れと母猫を見て、彼女らもビックリ顔になった。

「あらやだ、どうしましょう」

「けど、これ、うちの敷地じゃないですよ」

「でもこのままにはしておけないわ」

「保健所に電話する？」

困った様子で相談し始めたのを見て、夕侑は思わず言ってしまった。

「あの、僕が発見したんで、僕が助けます。この近くに動物病院はありますか？」

夕侑の言葉に店員がホッとした表情になる。

「じゃあ、お願いできます？」

「動物病院、すぐに調べますね」

「あ、だったら、ちょっと待って。タオルと使わないカゴを持ってくるわ」

ふたりが動き始めたので、夕侑も雑木林に入って子猫を集めた。しばらくすると、タオルを敷いたカゴがきたのでそこに親猫と子猫を入れる。もう一度雑木林を歩き回って、まだ子猫がいないか草叢を探す。一匹でも取りこぼしたら大変だ。汗だくになりながら、もう大丈夫と確認してから駐車場に出た。

「動物病院は、ここです」

「あ、ありがとうございます」

スマホはリュックに入れたままだったので、車まで取りに戻る。いったりきたりで息があがったが、命がかかっているので休んでいる暇はない。店員から病院の位置を受け取って、カゴを手にふたりに礼を言った。

「どうもありがとうございました」

「いいえどういたしまして。こちらも助かりました」

車に戻ると、ドアをあけてカゴを中に入れようとした。

「それ、入れないで！」

一華が口元を押さえて引きつった声を出す。夕侑はビックリした。車が汚れるのが嫌だったのか。

「けど、外は暑くて」

「お願い、外に出して！」

「は、はい」

夕侑は仕方なく猫と一緒に車を出た。とりあえず動物病院に電話をと、スマホを取り出すとメッセージがいくつか届いていた。獅旺からだ。

『心拍数があがっている。発情か？』

とある。夕侑の時計から獅旺のスマホに報告がいったらしい。時間がないので『違います』と短く返して、動物病院に連絡を入れた。すぐに診てもらえるとのことだったので、そのままタクシーを呼ぶ。

「一華さん、死にそうな猫を見つけたので、動物病院に連れていこうと思います。一華さんの具合はどうですか？　あまり悪いようなら一華さんには救急車を手配します」

「……猫？　ああ、そうなの……」

まだ気分はよくなっていないらしく、青い顔で答えた。

「いいわ、猫を優先して連れてって。私は大丈夫。ここで休んでる」

「けど、一華さんひとりをおいていけません」

「よくなったら運転して帰るわ」

「ダメですよっ、そんなこと。万一のことがあったらどうするんです？　赤ちゃんもいるのに」

おき去りなんて絶対に無理だ。急変して助けが呼べない状態にでもなったら命にかかわるかもしれない。

夕侑の剣幕に一華も押し黙る。

「家の人を呼びましょうか」

「家には家政婦さんしかいないわ」

「じゃあ、誰か、きてくれそうな人を」

「一緒にいく」

「え？」

「動物病院、一緒にいくわ。それでいいでしょ」

相当気分が悪いのか、投げやりな答えに、けれど一緒なら少しは安心かと判断した夕侑は、タクシーが着くのを待った。

数分後にきたタクシーの後部座席に、まず一華をのせる。ハンカチで口元を押さえた彼女は移動するのが精一杯といった様子でつらそうだ。夕侑と猫は助手席に乗り、運転手に行き先を告げようとしたら、間が悪いことにスマホが鳴った。獅旺だ。

『夕侑、どうした。ずっと心拍数があがったままだ。何してる？　大学じゃないのか』

夕侑は、手短に事情を説明した。

「僕は大丈夫なんですが、一華さんと、瀕死の猫を見つけてしまって。それでこれから動物病院に。——あ、詳しいことは後で話します。今ちょっと手が離せなくて、すみません。また電話します」

『何？　一華と？』

まだ聞きたそうな獅旺に謝って通話を切る。そうして動物病院へと向かった。

病院に到着すれば親猫はすぐに処置室へと運ばれた。一華は診察室脇のあいた簡易ベッドに寝かせてもらった。

「一華さん、一緒に先生に診てもらいます？　獣化したら診てもらえるのかな」

「獣専門の病院は、獣人は診ないわよ……。薬が効いてきてるから、休めば落ち着くわ」

「そうですか。じゃあ、何かあったら看護師さんを呼んでください」

「ええ……」

ぐったりしたままの一華をおいて、夕侑は待合室に入った。そこで猫の処置が終わるのを待つ。

母猫は助かるのだろうかと心配しつつ、三時間ほどをそわそわしながらすごした。

＊　＊　＊

「具合はどうですか、一華さん。飲み物でも買ってきましょうか」

カーテンをあけてたずねると、「おねがい」と短く頼まれたので、夕侑は建物の外に出た。

正面玄関横にある自動販売機でイオン飲料を買って中に戻ろうとしたら、そこに一台の黒いスポーツカーがやってくる。

「あ」

素早いハンドルさばきで駐車場に車をとめると、運転席から急いだ様子の獅旺がおりてきた。

「夕侑」

「獅旺さん」

足早にやってきて、夕侑の顔色を確認した。

「何があった?」

「どうしてここに」

「居場所ぐらいすぐにわかる。一華と一緒だって?」

「あ、はい」

建物に入りながら、何が起きたのか説明する。

「発情じゃないならよかった。しかしそれは大変だったな。一華は?」

夕侑は獅旺を簡易ベッドに連れていった。横たわっていた一華は、彼を見てビックリした。

「……獅旺に知らせたの?」

「俺が探して、勝手にきたんだ。夕侑が呼んだんじゃない」

「そう」

まだ気分がおさまっていないらしく気怠げに答える。

話していたら医師がやってきた。母猫の処置が終わったらしい。老齢の医師は穏やかな話し方で経過を報告した。

「母猫は車にひかれたようですね。後足の骨折と裂傷がひどかったです。発見が早かったので一命は取りとめましたが、まだ予断を許さぬ状況ですので、数日の入院が必要です。子猫らは衰弱していますが、まあ問題ないと思われます。こちらも今日は預かって健康診断をしておきましょう」

「そうですか、ありがとうございます」

ホッとしつつ礼を言う。母猫の命が助かったのならよかった。

その後、受付で会計などをすませて、三人は獅旺の車で帰ることにした。

「一華の車は明日にでも取りにくればいい」

「じゃあ、僕はお店にそのことを連絡しておきますね」

「一華、立てるか」

ベッドに上体を起こすも歩けそうにない彼女に、獅旺は仕方なく手を貸した。肩に手を回すが、ぐったりしたままだ。

「しょうがないな」

獅旺は一華を横抱きにした。

女性にしては上背のある彼女を大柄な獅旺が抱きあげると、美男美女なのでまるで映画のワンシーンのように迫力がある。それは夕侑の感情を大きく揺さぶった。

胸がズクンと痛んで、それから気持ちが急に沈んでいく。

彼女は病人だから仕方がないとわかっていながら、身体に触れて欲しくない――という我が儘な気持ちがわいてくる。

受付前を通ると、凜々しい男前と大切に扱われる美人に、看護師らも何事かとこちらを眺めてきた。その後ろから夕侑は荷物を持ってついていった。

「まったく世話をかけやがって」

助手席のシートを倒して一華を横たわらせ、獅旺が毒づく。一華はそれに言い返すことなく静かにしていた。

夕侑が後部座席に乗りこむと車が出発する。そうして彼女の家を目指した。

一時間半ほどかけて都心にある豪邸に到着すると、獅旺が一華にたずねた。

「歩けるか?」

「ええ」

しかし起きあがった彼女の頭がふらつく。

「倒れたらまずいな」

獅旺は仕方なさそうにまた彼女を横抱きにした。獅旺の大きな手が一華の背中に回され、もう一方の手が膝の裏を抱えると、夕侑の心がまた不穏に乱れた。

「夕侑、インターホンを押してくれ」

「あ、はい」

ざわつく気持ちを抑えて、言われた通りにする。家政婦を呼び出して玄関をあけてもらうと中に入った。

「あらまあ、お嬢様」

と驚く家政婦に事情を説明して、獅旺は一華を抱いたまま彼女の部屋に向かった。夕侑も後をついていく。

一華の部屋は二階の一画にあった。モノトーンでまとめられたスタイリッシュな部屋は、いかにも彼女らしくお洒落で隙がない。デザイン性の高いソファやスタンドライトに、壁にかかったフォトグラフ。すべてが完璧に配置されていた。

「夕侑、ベッドカバーを外してくれないか」

「あっ、は、はい」

　不躾なまでに見とれていた夕侑は、慌てて真っ白なカバーと上がけをまくった。そこに獅旺が一華を横たわらせる。まだ青い顔をした彼女に上がけをかけると、静かに声をかけた。

「あまり気分が悪いようなら医者を呼べよ」

「……大丈夫よ。薬飲んでるから」

「ちゃんと食ってるのか。相変わらず見た目ばかり気にして」

「うるさいわね」

「肉を食えよ」

「卵と、牛乳飲んでるから平気」

「そんなんじゃ足りんだろ」

「いいの」

　言い争いの中に気のおけない仲が垣間見えて、夕侑は自分が空気になったような疎外感を覚えた。

「まあ、医者の卵なんだし、自己管理ぐらいちゃんとできるだろ」

　そう言って獅旺は部屋を後にしようとした。その後ろ姿に一華が声をかける。

「獅旺」

　呼びとめられた獅旺が振り返った。

「何だ？」

まだ何かあるのかといぶかしむ彼に、一華がベッドの中からぽつりと告げる。

「ありがと」

らしくないしおらしい声音に、獅旺は「ああ」と低く答えた。

部屋の入り口で待機していた家政婦に後を任せ、一華の家を出る。帰りの車の中で、夕侑はずっともやもやした気持ちを抱えたままだった。

獅旺と一華が砕けた口調で会話をしていたのが、頭から離れない。

獅旺は一華に対してずっとぶっきら棒だったけれど、言葉の中には彼女への気遣いも見られた。もともと彼は心の優しい人だ。だから誰に対しても一定の心遣いは発揮するのだが、一華に対しては長年のつきあいのせいか、それ以上の親しみさえ感じさせられた。そして彼女も、獅旺の素っ気ない中にもちゃんと存在する優しさを理解している様子があった。

ふたりは夕侑の知らない関係を築いている。そのことが、胸をじくじくと抉ってきた。悲しみと不快感が抉られた場所からわきあがり、憂鬱に心を占領していく。こんな負の感情、持ちたくなんかないのに。

獅旺が好きなのは夕侑だとわかっている。彼は夕侑を百パーセントの想いで愛していると言ってくれた。なのに、この感情は何なのだろう。――彼女と親しくして欲しくない。身体に触れて欲しくない。自分だけを見ていてもらいたい。

おかしい。愛されているとわかっているのに、なぜ不安を覚えるのか。

それは彼女がきれいで、自信に満ちていて、夕侑の知らない獅旺を知っていて、彼の子供を宿しているから……。

制御できない不穏な感覚は、初めて経験するものだった。

どうにもできないもどかしさを抱えたまま、不安定に揺れる心を持て余し、夕侑は流れる外の景色を見つめて帰路をすごした。

＊　＊　＊

「一華となんで会ってたんだ」

と聞かれて、夕侑は今日、彼女と話した内容を手短に伝えた。獅旺を渡して欲しいと言われたこと、無理だと答えたことを。

「そうか。両家の話しあいが進まないから、お前のほうを攻略するつもりだったんだな」

マンションに帰り、エレベーターで最上階に向かいながら話をする。

「その帰りに猫を見つけて、あの騒ぎとなったわけか」

「はい」

玄関前にくると、獅旺がカードキーを使ってドアをあけた。

「まあ猫が無事でよかった。お前が見つけなきゃあの暑さだ、親子共に助からなかったかもしれん。よく見つけたな」

「偶然だったんです」

ほめられて嬉しくなる。

「一華も何ともないようでよかった」

けれどその言葉に、気持ちはまた一気に沈んだ。

「そうですね……」

玄関ドアをしめて、前に立つ広い背中を眺める。獅旺は全然気づいていないようだが、彼の頼りがいのある言動が夕侑と一華の両方を魅惑するのだ。

胸がギュッと絞られるように痛んで、気づいたら目の前の服を両手で掴んでいた。そして背中に頭をくっつける。

「うん？」

スニーカーを脱ごうとしていた獅旺が動きをとめた。

「どうした？」

問われても答えることができず、頭を強く押しつける。

「……」

いきなりの意味不明な行動に、相手が不思議そうにしているのがわかった。けれどとめられない。

一華の話をして欲しくなかった。

獅旺が彼女の心配をするのは当然のことで、夕侑だって気にかけている。無事でよかったと思っている。けれど、大好きな人が、それを話題にしただけで、心が言うことを聞かずに勝手にグジャグジャになってしまう。

獅旺は夕侑のことだってとても心配してくれた。心拍数が乱れただけで、すぐに連絡を入れて動物病院まで駆けつけてくれた。だから何の憂いもないはずなのに。

なのに、彼女の話は嫌だ、と思ってしまう。

自分の心の狭さが鬱陶しい。そしてそれがまた気持ちを落ちこませる。

「どうしたんだ」

たずねられても言葉はひとつも出てこなくて、夕侑は自分が一体何をしたいのか、何を言いたいのかわからなくなってしまった。

駄々をこねるように頭を振ると、フッと静かな吐息が聞こえる。

「珍しいな、夕侑のほうから甘えてくるなんて」

「……」

獅旺の大きな手が、夕侑の両の拳を包みこんだ。そのまま前に引っ張られたので、身体が相手に密着した。

甘えてるのかな、と妙な気分になる。これが甘えるということなんだろうか。

今まで誰にも甘えず暮らしてきたから、そう言われてもピンとこない。けれど絶え間なくわいてくる感情は、獅旺にこう訴える。

——離れないで。どこにもいかないで、ずっと僕だけを抱きしめて、優しい言葉とキスをして。愛を頂戴、もっともっと、あふれるくらいに——。

獅旺の指が、夕侑の手をゆっくり丁寧に撫でる。そうすると、涙がじんわり目ににじんだ。

「……何でもないです。すみません」

俯いたままそっと身を離すと、獅旺が振り向いた気配がした。今度は獅旺が夕侑の腰を抱く。そして頭の天辺に優しいキスをひとつ落とした。

「疲れたんだろう。騒々しい一日だったから」

「多分、そうです」

夕侑はそう言って、自分の気持ちを誤魔化した。

＊　＊　＊

夕食を一緒に食べて、順番に風呂をすませ、夕侑が先に寝室に入る。帰宅してからずっとぼんやりしている頭のまま、ベッドに腰かけた。

部屋の灯りはついておらず、カーテンがあけられている。そこから曇りがちな夜空が見えた。うっすらと浮かぶ月は半月で、夕侑の心のように霞がかっている。今日は色々あって、やっぱり少し疲れていた。

エアコンのカタカタ鳴る微細な振動を聞いていたら、しばらくしてドアのひらく音がした。振り返るも人の姿はない。

どうしたのかな、と思ったら扉の陰から大きな獅子があらわれた。

「…………」

獅子はヒョイと身軽にジャンプをしてベッドに乗りあげると、真ん中に足をたたんで座った。そして顔をこちらに向けてくる。ピンと立った丸い耳をかるく振って、「クワォ」と鳴いた。

呼び声に誘われるように、夕侑もベッドにのぼる。獅子の隣に座るとそっとたてがみに触れた。風呂あがりのせいか、いい香りがする。手で何度か梳いて、それから栗色の毛に顔を埋めた。ぼわぼわした感触が気持ちいい。凭れるようにして相手に身を任せ、顔や手でもふもふした。獣毛に埋もれた肌がくすぐったくて心地よくて、首を左右に振ったり、指をわしわししたりして存分に楽しむ。首に抱きついて、ぎゅっとすると、胸のあたりまでたてがみに包まれて、何とも言えない満足感を覚えた。

「……気持ちいい」

うっとり呟くと、今度は尾で背中を撫でられる。

「ふっ……」

しばし黄金色の天国を味わった後、身を起こして毛の流れに沿って肩や手をさすった。すると獅子が「フンフン」と鼻を鳴らす。大きな顔を近づけてくると、牙の間から舌を出した。舐められるのかな、と思った瞬間、変化《へんげ》して人間に戻る。夕侑の唇を舐めたのは獅旺だった。ペロ、と獣さながらの舌使いで口から鼻頭までたどる。思わぬ広範囲のキスに目を瞬かせた。

「気がすんだか」

獅旺がヒトの姿でささやく。

「はい」

夕侑も笑みを返した。

「発情かと思ったが、そうじゃないようだな」

夕侑を抱きよせて、こめかみや首筋の匂いを嗅ぐ。

発情ならよかったのに、と考える。そうしたらこの人の心が全部自分に向くのに。

いつもは発情なんて面倒で、こなければいいのにと思うこともあるのに今はきて欲しいと望んでしまう。それくらいこの人に溺れて、何もかもを忘れてしまいたかった。

夕侑が獅旺に身をよせると、相手の動きがとまる。

「何だ?」

獅旺は夕侑がどうしてこんな振る舞いをするのか全然わかっていない様子だ。

「今日はちょっとおかしいな。具合でも悪いのか? 風邪か?」

「……いいえ」

「そんな風に甘えてくると襲うぞ」

「……」

どうぞ襲ってくださいなんて恥ずかしくて口には出せない。けれどこれが甘えるという行為なのだと、うっすら理解した。

黙ったままの夕侑に、獅旺の手が伸びてくる。顎を持ちあげられて目があった。

獅旺の瞳には、ほんの少しの憂いが見られた。夕侑のことを心配する様子と、欲望を持て余す様子が混在している。金茶の虹彩を覗きこんでいるうち、こちらの身体にも熱が生じた。

自分から近づいていけば、触れる寸前に獅旺のほうが襲いかかってきた。

「――ん」

深く唇が重なり、そのままあおむけに倒される。両手を掴まれてシーツにきつく押しつけられた。

「……ん、んっ」

力強い舌が口内に侵入し、夕侑の舌を捕らえようと少し乱暴に動き回る。そっと相手の舌先に触れれば、蛇のように絡みつかれた。喉近くまでぞろりと撫でられて、背筋が震える。

興奮に伸び始めた牙が、夕侑の歯にあたりカチカチ鳴る。硬い感触にけれど捕食される期待感がくる。呼吸が短くなり、合間に甘い声がもれた。

「ふ、う、……んッ」

大きな手が夕侑の身体をまさぐり出す。薄いTシャツはすぐに脱がされ、ボクサーパンツの上からまだやわらかなものを握られた。

「んっ、ぁっ」

夕侑は両手を獅旺の背中に回した。逞しい筋肉が動きにあわせて上下するのが手のひらに伝わってくる。滑らかな肌は夕侑が触れた場所から熱く湿っていった。

相手の身体が全部自分のものだと実感したくて、肩甲骨から背骨のくぼみをたどり、腰、そしてその下の、尾が生える場所まで手を伸ばす。いつもはされるがまま身を任せているけれど、今日はそうじゃなくてもっと先の、もっと違う形でこの人に触れたかった。

夕侑はふたりの腹の間にできた狭い空間に手を回し入れた。

全裸の獅旺の、下腹をすべりおりて、硬くなり始めた彼自身に触れる。夕侑のものよりずっと太くて長い、根元に瘤のあるアルファ特有の性器だ。もう上向いているその先端に指をのせ、形をたしかめるように輪郭を撫でた。筋肉でも骨でもない独特の感触を愛でるように。

「何してる」

獅旺が笑う。腰を浮かせて、自分の下肢をのぞきこむと夕侑の指先を確認した。そして根元まで手が届くように身を進ませる。夕侑の戯れを面白がるように、かるく腰を前後に揺すった。

夕侑が片手を幹に絡ませて、そっと扱くようにする。もう一方の手で瘤を包んでそこも刺激する。すると獅旺が微笑みながらも快感に眉をよせた。相手が気持ちよくなる姿に嬉しくなって、もっと、もっと何かをしたくてたまらなくなる。

「……舐めて、いいです、か」

この太い熱源を、口に含んで舐めてみたい。それはどんな感覚なのだろう。

口淫はまだ経験がない。だから遠慮がちに頼んでみた。

「俺のを?」

獅旺が目を眇める。

「口で、したい」

愛おしむように性器を撫でながらささやく。獅旺はそんな夕侑をいっときじっと見おろしてきた。

両肘を夕侑の顔の横に移し、囲いこむようにする。顔を近づけ、目と目をあわせて言った。

「ダメだ」

拒否されると思っていなかった夕侑は瞠目した。

「……どうして」

「奉仕は必要ない。運命のオメガはアルファよりも優位な存在なのだから」

「…………」

驚く夕侑に、口のはしを持ちあげてみせる。

「だからお前は感じてるだけでいいんだよ」

そして夕侑のボクサーパンツを太腿までさげる。勃起しても頼りなげなオメガの性器を取り出すと、自身の猛りをすりつけてきた。

「……ぁ、……熱……」

裏筋が触れあえば、そこから電撃が生じるようだった。夕侑は獅旺と自分のものを、離れないように重ねて一緒に握りこんだ。

「……ん、ぁ……」

すると獅旺が腰を前後にうごめかす。

「はぁ、あ、あっ」

相手の熱で、幹が刺激される。いつのまにか自分の先端から先走りがあふれて、互いの皮膚を心地よくすべらせた。

「や、い、いィ……っ」

くちゅくちゅと卑猥な音が指の狭間からもれ出る。密着しては離れる動作にあわせて、濡れた音は途切れることなくリズムを刻んだ。

「ん……ぁ、あ……」

「このまま達くか？」

喘ぎ続ける夕侑に獅旺がたずねる。

「それとも、中に欲しいか」

相手も喘ぎ混じりの声音だった。

「このまま」

首を振って頼むと、獅旺の口角があがる。

「俺も」

そして緩急をつけて、夕侑の手から自身を抜き差しした。激しい動きに、こすれる部分から灼けるような快感が生じる。腕が震えて、けれど刺激を逃がしたくなくて、両手に力をこめる。やがて芯のある快楽が性器の奥からせりあがってきた。

「あ……あ……あ、ぃく……」

小さく訴えると、相手の動きが小刻みになる。絶頂を誘発するような動作に、身体が素直に反応した。我慢がきかなくなって、あっという間に高みに連れていかれる。頂を越えた瞬間、自身がドクドクと脈打った。同時に手のひらが温かく濡れる。獅旺はそのぬめりを借りてさらに激しく抽挿を開始した。

「ふぁ……ああっ」

すぎた快感がペニスを襲う。きつい衝撃に反射的に手を離しそうになったが相手はまだ達ってない。思い直して手のひらに力をこめた。これくらいの奉仕はさせて欲しい。

獅旺が俯いて自分の快楽に集中し始める。栗色の髪が揺れて、前髪が夕侑の頬にかかった。顔はよく見えなかったけれど、その姿はとても魅惑的だった。ぼうっと見とれていると、やがて夕侑の肩に顔を埋める。そしてひとつ、低く獣のように唸って終わりを告げた。

「う――う、っ、クッ……」

手におさまりきらない雫が、腹の上に飛ぶ。

ひたひたと落ちたそれは重くて温かくて、まるでそのまま皮下に浸透していくようだった。

獅旺が夕侑の首に口づける。荒い息づかいに、心の底から満たされる感覚がわいてきた。

この人は自分のもの。今このときは、全部、自分だけのもの。

首をひねってキスに応える。獅旺がそれに、もっとと唇を重ねた。お互い余韻を味わうように口づけを繰り返す。

「……ん」

自分からも舌を差し出して、相手の舌先を積極的に舐める。達してもまだなおあふれる欲望に胸が焦げるようだ。

「獅旺さ……」

初めて知る独占欲に、夕侑は自分の中の何かが変化し始めているのを感じていた。

＊　＊　＊

翌朝、シャワーを浴びて浴室を出ると、ちょうど獅旺が早朝の外出から戻ってきたところだった。土曜日の今日は、ふたりとも大学もバイトもない。夕侑より早起きの獅旺は近くの運動公園に走りにいったらしい。スポーツウエア姿で、タオルとペットボトルを手にしていた。

「起きたか」

「はい」

夕侑のところにくると両手で頬を挟みこむ。親指で優しく撫でて、それから額に手のひらをあてた。

「やっぱり発情期じゃなかったな。熱も出ていないし、匂いもしない」

「ええ」

その兆候はなかった。

「まあ元気ならいいさ。シャワー浴びてくる」

夕侑の表情が穏やかだったからだろう、獅旺も安心した様子で黒髪をクシャリと混ぜてから洗面所に入っていった。

優しく気遣われて、昨夜感じた不安が薄まっていく。愛情もふんだんにもらったから、気持ちも落ち着いていていた。

朝の光が窓から明るく差しこむ中、夕侑は彼のために朝食の準備をしようとキッチンへ向かった。

休日の朝食は、いつもより時間をかけて丁寧にと、ホットサンドを作ることにする。プレートを棚から出して、冷蔵庫の中身と相談しながら具材を決めていると、そのうちに風呂あがりの獅旺もやってきた。ノートPCを手にしている。

「母から、俺の動画のコピーをもらってきていたのを忘れてた」

「動画？」

調理の手をとめて、彼が座るダイニングテーブルに移動する。横に立つと、獅旺がノートPCを立ちあげてUSBを差しこんだ。

「俺の子供のころの動画を整理したらしい。全部あるからこちらで編集するなり、好きにするようにだと」

「そう言えば、以前、遊びにいったとき、そんな話を聞きました」

「たくさんあるな。時間を見て整理するか」

獅旺が試しにファイルをひとつひらく。すると生まれたばかりの獅旺が画面にパッとあらわれた。

「……わ」

写真はこの前見ていたが、動く赤ん坊の獅旺は初めてだ。おくるみに包まれた赤ちゃんが大きな金茶の目をあけている。

「……可愛いですね」

「そうか」

獅旺がちょっと気恥ずかしげな顔をした。次の動画は、生後三か月ほどだろうか。ラグに寝かされて、手足をバタバタさせている。

「うわぁ……。すごく可愛い……」

思わず感激の声をもらす。それくらい小さな獅旺は愛らしかった。画面を食い入るように見ていると、横にもうひとりの赤ちゃんが大人の手でおかれる。月齢が少し上の、体格がしっかりした女の子だ。

「あ、この子は……」

「一華だ」

大きな瞳の可愛らしい一華の登場に、夕侑の胸がツクンと痛んだ。彼女はこんな赤ちゃんのころから一緒にいたのだと、ちょっと妬けてしまう。けれどそれを顔に出したくはなかったので、笑顔のまま画面を見つめた。

うつ伏せの一華は、獅旺を見つけると頭をパシパシ叩き始めた。獅旺が嫌がるが、まったく気にする様子もなく、顔や手を叩きまくる。

「……」

『おほほ、一華ちゃんは元気ねえ』

撮影者らしき女性の声がした。母親の真維子のようだ。しかしとめる様子はない。やがて獅旺が泣き出すと、それでやっと一華は誰かに抱かれて画面から姿を消した。赤ちゃん獅旺は口元をグッとさげてご機嫌斜めだ。

「別の動画にするか」

そう言って次にひらいた動画は二歳程度に育ったふたりだった。獅旺は車の玩具で一心に遊んでいる。そこに一華がやってきて、車を取りあげた。獅旺は一瞬ポカンとして、それから大声で泣き出した。立ちあがってレンズに向かって走ってくる。

『まあ獅旺。やられっぱなしは獅子として恥ずかしいわよ。さあ、取り返しにいきなさい』

と真維子に言われて泣く泣く一華の元へ戻っていく。けれど頭をゲンコツでコツンとやられて、またレンズに泣き顔で走ってきた。

『ほほ、一華ちゃんは強いわねえ、羨ましいわ。さあさあ、負けてはいけません。戦いなさい獅旺』

真維子が小さな背中を押す。獅子は我が子を千尋の谷に突き落とすと言うが、まさにスパルタな子育てだ。

幼稚園のときの動画では、懸命にブランコの練習をする獅旺の横で、一華はほとんど百八十度の角度をつけてブランコをこいでいた。

並んでテーブルにつく場面では、一華は嫌いな食べ物をポイポイ獅旺の皿に移し、獅旺の皿から食べたい物を奪っていく。

「……何というか、おてんばというか、強い女の子ですね」

「こいつはずっとこんな調子だった」

獅旺が頬杖をついて、苦虫を嚙みつぶしたような顔をする。夕侑はこの前、獅旺が一華に家来か下僕のように扱われていたと語ったことを思い出した。なるほど、この動画を観ればそれも納得だ。

「あいつの方が八か月年上だったから、小学校の低学年までは体格が負けてたんだ。だから喧嘩をしても敵わなくてよく泣かされた」

「獅旺さんがですか」

「そうだ。あいつはそれほど我が儘でやりたい放題の暴君だったんだ」

「それはすごい女の子ですね」

感心するようにもらすと、獅旺はフンと鼻を鳴らした。

「だが弱いところもあった」

獅子の負けず嫌いな一面が顔を覗かせる。

「一華の母親は、あいつが十三の時に病気で亡くなってるんだが、そのときだけは大人しくなったんだ」

「……そうなんですか」

「ああ。一華はプライドが高くて我が儘なお嬢様だったから、女友達がひとりもいなくてな、父親も忙しくて面倒を見られなかったから、落ち着くまでしばらく御木本家で預かったんだ。そのときに俺がそばについてろって言われたが、あのときだけはしおらしくしてたな。まあ数週間でいつものように元気になったんだが」

昔を思い出すようにして言う。

「あいつも一応女の子で、脆《もろ》いところもあると思ったもんだ」

「それは大変な経験をされたのですね」

十三歳の少女が母親をなくしたのなら、きっと悲しみも大きかっただろう。

「だから獅旺さんを信頼してるのかも……」

淋しいときに優しくされたら親愛の情もわく。獅旺は悲しみに沈む彼女をきちんと支えたのだ。それで彼女も獅旺を好きになった。

夕侑の知らない、ふたりだけの時間。獅旺と一華は、そのときどんな風にすごしたんだろう。幼なじみで、生まれたときから一緒にすごして、彼女のことを脆いところもある女の子だと理解もして。

不器用だけど優しい獅旺が一華に見せたであろう一面は、自分の宝物の一部を奪われたようで、夕侑は胸にやるせなさを覚えた。過去の時間に嫉妬するなんて無意味でしかないのに。

「中学からは学校も別々になって会う機会も減っていった。お互い勉学に忙しくなっていたし、たまに会うこともあったが、あいつは医者で俺は経営者の道を目指すライバルみたいな関係になっていた」

「ライバルですか?」

「ああ。全国一斉模試の結果は同じ表に出るから、俺が勝ったり向こうが勝ったりで拮抗していた。運動面ではこっちが断然結果を出していたがな。まあ、高校になれば選択科目も変わり、比べることもなくなったが」

夕侑はうなずいた。一華がカフェで語った話を思い返す。

『私たちは十年以上、支えあって生きてきたの。同じ名門の家に生まれた獅子アルファとして』

彼女が言った内容は本当だったのかも知れない。獅旺は下僕扱いだと言うが、彼の存在はきっと一華にとってかけがえのないものだったのだ。

だから手放したくなくて、あんな信じられないことをした。

夕侑が少しぼんやりすると、それに気づいたのか、獅旺が動画を消して言う。

「さあ、朝食にしよう。腹が減った」

「――あ、はい。わかりました」

その言葉に物思いから浮上する。

獅旺がノートＰＣを畳んだのを機に、ふたりはキッチンに移動して、朝食の準備に取りかかった。

第三章

朝食を終えて、片づけをしているとカウンターにあった夕侑のスマホが鳴った。見れば昨日お世話になった動物病院からの電話だ。

「——はい」

通話にして答えると、『大谷さんですか』と聞かれる。相手は看護師だった。

『昨日お預かりした猫の件でお電話差しあげました。母猫は当分入院が必要な状態ですが、容体は安定しています。子猫のほうは健康診断が終わりました。全員元気です。それで、子猫ちゃんたちの退院手続きをお願いしたいのですが』

「あ、そうなのですか。えっと、全部で何匹ですか」

『九匹ですね』

「九匹!」

そんなにいたのか。昨日は焦っていたので、たくさんいると思ってはいたが、数は確認していなかった。

「わかりました。……えっと、時間を決めてまたお電話します。よろしいですか?」

『はい、大丈夫です。お待ちしております』

電話を切ってちょっと茫然とする。どうしよう、九匹の子猫たち。

考えこんでいると、カウンター内から獅旺が出てきた。

「どうした?」

「……獅旺さん」

事情を説明すれば獅旺も困り顔になる。

「このマンションは獣の飼育は禁止だ。獣人も登録された者以外は住めない決まりになっている」

「じゃあどうしたら」

「どこか里親に出すにしても、九匹も急には無理だな」

「一時的な預かり先でも、見つけないと」

「知りあいの家か、……俺の家、——いや」

獅旺は少し考えて、それから顎を持ちあげて言った。

「一華に引き取らせよう」

「えっ」

「あいつの家は一軒家だし、部屋も広くて余っている」

獅旺はスマホを取りだした。

「大丈夫でしょうか」

「あいつにも責任の一端はあるんだから。引き取らせるさ」

「一華さん昨日はすごく体調悪そうでしたけど……。それに、僕が見つけた猫を押しつけるのは迷惑なんじゃ」

「一華が呼び出さなければ見つからなかった猫だ。体調は確認してから聞いてみる」

画面を操作して電話をかける。プルルとかるい音がして、すぐに相手が出た。

『はい』

一華の声が、横にいる夕侑にも聞こえてくる。

「俺だ。身体の具合はどうなった」

『あら。心配してくれたの？　ありがとう。もう治ったわよ』

「そうか。そりゃよかった。で、電話したのは、昨日の子猫が退院することになった。母猫以外、全員元気だ。だが退院が決まっても預け先が決まらなくて困ってる。だから、お前のところで、一時的に面倒を見て欲しい」

『ええっ？　私が？』

「他に行き先がないんだ。里親を探すまでの間だけ、そっちにおかせてくれ」

『なんで私が面倒みなきゃならないわけ』

上からな物言いにも獅旺は屈しない。

「お前が夕侑をあの店に呼び出したからこの騒ぎになったんだろう」

冷静な指摘に、相手がちょっと押し黙った。

『他に預け先はないの？』

「ない。お前が引き取らないと生まれたばかりの子猫が路頭に迷う」

『ええ……？　何よそれ……それじゃあ、仕方ないわね……少しの間だけよ。連れてらっしゃい』

「わかった」

電話を切って夕侑に向き直る。

「一華の家に決まった。朝食を食べたら出かけよう」

「そうですか」

あっという間に預け先が決まって、獅旺の素早い行動力に夕侑は感心した。

朝食後、獅旺の車で動物病院に出かける。退院手続きをして、元気になった子猫を引き取り、その足で一華の家に向かった。

途中、ホームセンターによって子猫の飼育に必要なものを買いこむ。ミルクや哺乳瓶、大きな籐製のカゴやタオル、シートなどを車に積んで彼女の家に着くと、本人が玄関先で待っていた。体調は回復したようで、きっちりメイクをして黒でまとめたお洒落な服装をしている。

「ちょっと、一体何匹いるのこれ」

カゴに入った子猫を見せると驚いた声を出した。

「九匹です」

「九匹！」

これほど多いとは思っていなかったらしく、呆れ顔で言う。

「誰が面倒を見るの？」

「お前だろ」

獅旺が荷物を玄関に運びながら言った。

「無茶言わないでよ。この家は私と父と、通いの家政婦さんがひとりしかいないのよ」

「見るしかない。命がかかってるんだ」

唖然とした彼女の前で、子猫がミーミー小さな声で鳴く。一華はそれを見おろすと、仕方なさそうな表情になった。どうやら子猫を見放すほど冷血ではないらしく、「……じゃあ、私の部屋に運んで」と諦め顔で命令した。

獅旺が車から荷物をおろしている間に、夕侑がミルクなどを彼女の部屋に運ぼうとする。その横で一華も子猫の入ったカゴを持ちあげた。

「あ、僕が運びますから」

「え？」

「一華さんは休んでてください」

「……」

気遣われていぶかしげな顔になる。

「体調は、大丈夫なんですか」

「――ああ」

思い出したようにうなずいた。

「もう平気よ」

「けど、重いものはよくないと聞くので、僕がやります」

「そう」

夕侑が手に持てるだけ荷物を抱えて、廊下を進もうとすると後ろから「ねえ」と呼ばれる。

「はい?」

振り返ると、一華が腕を組んでこちらを見ていた。

「あなたに言い忘れてたことがあったんだけど」

「はい」

何を言われるのかと身構える。すると彼女はいささか気まずげな表情になって、ぼそりと呟いた。

「昨日は、助けてくれて、ありがとう」

「え? ……ええ、はい」

「まだお礼を言ってなかったから」

そういうと、ツンとすまし顔になって廊下をスタスタ進んでいった。

「どうした?」

ダンボール箱を運んできた獅旺が、ぼんやり突っ立っていた夕侑にたずねる。

「あ、いえ、何でもないです」

思いがけず一華が見せた殊勝な一面に、夕侑は困惑しつつも彼女に対する印象を少し変えた。

＊　＊　＊

猫と荷物をすべて部屋に運びこむと、まずミルクの準備をする。

「生まれたての子猫は、二、三時間おきにミルクを与えるそうです」

夕侑がスマホで調べて伝えた。

「どういうこと？　それじゃあこっちが寝る暇ないじゃない。私、毎日大学があるのよ」

「家政婦は？」

獅旺が粉ミルクと哺乳瓶を箱から取り出しながらたずねる。

「彼女は夜八時になったら帰るのよ。父も帰りは遅いし」

「僕、お湯もらってきますね」

「お湯はスマホで知らせればここまで持ってきてくれるから。私がやるわ」

「あ、はい」

話しつつ皆でそれぞれ猫の世話をした。夕侑は籐カゴに毛布を重ねて敷いて、子猫を一匹ずつ並べていった。黒に白に茶トラ。ミャアミャア鳴く姿は、小さくて頼りなげで庇護欲をかきたてられる。カゴをのぞきこむ一華も同じらしく、文句を言いながらもいつしか頬が緩んでいた。

「里親探しはどうするの？」

一華の問いに獅旺がスマホを操作しながら答える。

「それは今から調べていく。里親サイトとかが、いくつかあるみたいだからな」

「身元がしっかりした人にしなさいよ。預けた後も成長を見守れる人がいいわ」

「そうだな」

家政婦がお湯の入ったポットをふたつ持ってきて、一華が立ちあがろうとしたので夕侑が制した。

「僕がやります」

「あ、そう」

ポットを受け取り、哺乳瓶にミルクを作っていく。それを三人で手わけして子猫に与えた。

「なかなか飲まないわね」

「慣れるまで難しいな」

「あ、ちょっと、その子、今あたしがあげたから」

「ああ、そうですか、すみません」

どの子がどの子やら見わけがつかなくなる。

「区別できるようにしておかないと混乱するな。名前をつけると情が移るから、番号をつけるか」

「番号じゃ可哀想」

子猫を抱きながら一華が言う。

「アルファベットにしましょ。エィエィ、ビビ、シシィ、ディディ」

頬ずりしながら名づけるところを見ると、一時的な預かりにしても可愛がってもらえそうで安心する。

「それで、この子たち全員、私ひとりで面倒を見るのはどうしたって無理よ。昼間は家政婦さんに頼むとしても、夜は私だけになるもの。父は忙しくて到底頼めないし」

一華が獅旺に目を移す。

「だから獅旺、あなたが毎日ここに泊まって世話を手伝ってくれない？」

「えっ」

いきなりの発言に夕侑は驚いた。

「無理だ。俺だって大学がある。ゼミもバイトも忙しい。大体、夕侑をひとりマンションに残してここに泊まるなんてことはできない。それに、お前とはもめてる最中なのに、なんで同じ部屋で夜をすごさなきゃならないんだ」

「ふたりで夜通し話しあいをすればいいわ」

「諫早家とは弁護士を通してしか話しあいはしない」

「あの」

横から夕侑が声をかける。

「僕が、泊まりましょうか」

ふたりが何日も夜を一緒にすごすなんて、想像するのも耐えがたい。恋人を泊まらせるぐらいなら、自分が泊まったほうがずっとましだ。

そう思った夕侑はふたりに訴えた。

「僕が見つけた子たちですし。だから、僕が面倒を見ます。勉強時間も融通が利きますし、バイトさえきちんといければ、睡眠時間もその間に取れるので……」

「そう？」

一華が眉をあげて答えた。

「じゃあ、あなたにお願いしようかしら」

「ダメだ。夕侑を泊まらせることはできない」

「あらどうして？　私がこの人のオメガ性に誘惑されるとでも？　あり得ないわ。妊娠中なのに」

彼女が口のはしをあげる。

「彼がやるって言ってるんだから。それに他に方法がないんじゃしょうがないじゃない」

むうぅ、と獅旺が唸った。

「僕、毎日バイトの後にここにきます。それで朝まで子猫の世話をします。朝になって、家政婦さんがきたら朝は私の車で、大学にいく途中に家まで送っていくわ」

「なら、朝は私の車で、大学にいく途中に家まで送っていくわ」

一華が話を進める。

「夕侑を言いくるめて自分の思うようにことを運ぶつもりだろ」

獅旺の疑惑に彼女がかるく笑った。

「どうかしら。不安ならあなたが泊まればいいわ」

「大丈夫です。里親が見つかるまでの少しの間だけですから」

「そうよ。子猫の命がかかってるんだから。仕方ないわね」

偉そうに言われて、獅旺が憮然とした表情になる。

「じゃあ俺も何とかして時間を作って、短時間でもここに泊まる」

「獅旺さんは泊まらないでください」

夕侑が強く拒否すると、その理由を察した獅旺が眉をさげる。そうして仕方なさそうな顔になった。

「……夕侑、本当にいいのか。ペットシッターを手配してもいいんだぞ」

「赤の他人をこの家に泊まらせるつもり？」

一華が口を挟む。

「僕は赤の他人じゃないようなので、僕がやります」

苦笑しながら答えると、結局、獅旺が渋々引きさがって話しあいは決着した。

「わかった。そのかわり苛められたら俺にちゃんと言えよ」

「まあ失礼ね」

一華が頬を膨らませて文句を言う。それでも子猫を撫でながら楽しそうに呟いた。

「よかったわね、猫ちゃん。下僕がひとりできたわよ」

獅旺がむうっと顔をしかめる。

「お前の下僕じゃないからな。猫にだけだぞ」

そう釘を刺すと、子猫がミャウと鳴いて了解した。

＊　＊　＊

その日は夜まで三人で、猫の世話をしながらすごした。ミルクの飲ませ方や排泄の処理、寝床作りに、里親の手配。夕食も一華の家で食べさせてもらった。

午後八時に家政婦が帰った後、獅旺も九時すぎに立ちあがる。夕侑は車まで見送りにいった。

「本当にいいのか、ここに泊まって」

「はい。子猫のためですから」

獅旺はまだ納得がいかない顔だ。

「猫か……。そうだな。あいつらを放り出すわけにもいかないしな」

仕方ないかとため息をつく。

「とりあえず今夜、両親と話しあいをするから、そのときに実家で猫を引き取れないか聞いてみる」

「はい」

「今夜は実家に泊まって、明日も早朝から親父につきあってゴルフだ。夕方にはこっちにくる。必要なものがあったらメッセージを送れよ」

「わかりました」

「何かあったらいつでも連絡しろ」

「はい」

心配げな様子で夕侑の頬にキスをしてから、車にのりこむ。夕侑は黒いスポーツカーが道路に出て遠ざかるのを見送ってから、玄関に踵を返した。

何だか思いがけない展開になってしまい自分でも驚いているが、子猫たちの将来がかかっているのだからしょうがない。彼女とふたりきりというのは気が重いけれど、これも人助け、いや猫助けだ。そう考えて一華の部屋に戻った。

「もうミルクの時間ですね」

時計を見れば、さっきの授乳から三時間がたっていた。

「そうね」

ミルク缶と哺乳瓶を準備するも、ポットのお湯を切らしているのに途中で気がつく。

「僕、お湯、沸かしてきます」

「あなたひとりじゃわからないでしょ。私も一緒にいくわ」

そう言って一華が台所までついてきた。

広々としたアイランドつきキッチンの片隅でお湯を沸かしてポットに注ぐ。ついでに水も必要かと、夕侑はポットふたつに二リットルのペットボトルも抱えた。

「それ、持つわよ」

「いえ。これくらいなら大丈夫です」

「そお」

手ぶらの彼女と並んで部屋に戻る。その途中で、一華が夕侑を見おろしてきた。

「あなたって」

誰もいない広い廊下は、明るいが少し物淋しい。

「はい」

「ちょっと変わってるわね」

「はい?」

夕侑は相手を見あげた。目があうと、一華が視線をふいと外す。

「普通、ライバルが妊娠したら、ムカついて身体の心配なんかしないでしょ」

長い足を繰り出して、少しゆっくり歩いていく。荷物の多い夕侑にあわせているのかも知れない。

「そうですか」

「なのに、こっちを気遣って大事に扱うようなことをして。私だったら助けることもしないし、苦しんだって自業自得と放っておくわ」

「……」

夕侑はじっと彼女の横顔を眺めた。表情に蔑みはなくて、冷淡さも幾分影をひそめている。

「生まれてくる子供に罪はないですから」

夕侑が答えると、一華がかるく肩を竦めた。

「ずいぶん立派な博愛精神ね」

「できれば、なんとかして幸せになる道を探してもらいたいです」

「子供が?」

「はい」

金茶色の瞳がこちらを向く。

「それは獅旺の子だから? 純血の獅子が大切とわかってるからなの?」

「いいえ。どんな子でもです」

彼女が栗色の髪を揺らして首を傾げた。夕侑は顔を廊下の先に向けた。

「両親に愛されずに生まれてきた子供が、どれほど不幸か。僕自身が、よくわかっているからです」

その言葉に一華が黙りこむ。

夕侑はオメガだからという理由で親に捨てられた。オメガ専用養護施設で育ち、同じ境遇の仲間をたくさん見てきた。だから、何も知らない子供が不幸になるのはできれば避けたいのだった。

「そう」

部屋につくと、一華がドアをあけてくれる。中に入ると夕侑はローテーブルでミルクの準備をした。隣では猫たちがミャアミャア鳴いている。

ミルクができれば、まずふたりで手わけして排泄を促した。その後、順番にミルクを与えて籐カゴに戻す。時間はもう十一時だ。

「僕は仮眠を取りながら様子を見てますから。一華さんは休んでください。また気分が悪くならないように」

「そう。ありがとう。じゃあ、シャワー浴びてくるわ。あなたは客室のバストイレを使って。場所は後で教えるわ」

「はい」

ひとりになった夕侑は、子猫を抱きあげてバスタオルで包んで眠らせた。満腹で幸せそうに目を細める姿はとても愛らしい。小さな温かさは命の重みも教えてくる。そして、それを守る責任も。

どんな子供も等しく幸せになる権利がある。その大切さは誰よりも身に染みてわかっている。だったら一番いい方法は何なのだろう。自分はどんな答えを出せばいいんだろう。

ぼんやりとそんなことを考える。

獅旺、生まれてくる子供、御木本家、諫早家、そして自分にとって最良の解決法とは。もちろん獅旺の決めたことに従うつもりではいるけれど、それ以外に自分にできることはあるのか――。

物思いにふけっていると、シャワーを終えた一華が戻ってきた。スウェット姿でペットボトルを手にしている。

「お先に失礼。あなたもいつでも、シャワーを使ってちょうだい」

「あ、はい。わかりました。この子が寝たらいきます」

腕の中の子猫はまだもぞもぞしていたので、夕侑は寝かしつけに専念することにした。

一華はベッドに腰かけると、その様子をじっと見てきた。

「ねえ」

「はい」

メイクを落とした一華は、何となく険も取れているようだった。

「つわりじゃないから」

「はい？」

いきなり言われて、目を瞬かせる。

「気分悪くなったの、あれ、つわりじゃないの」

「え？」

「だから心配してくれなくていいの。あんな風に扱われると自分が弱い獅子になったみたいで居心地悪いわ」

「……はあ」

つわりじゃなかったのか。じゃあなぜ、あんなに具合が悪くなったのか。その疑問が顔に出ていたらしい。一華は唇をギュッと噛みしめた。

「理由は言えないけど、別に大したことじゃないの」

「ええと、……けど、薬一杯、飲んでましたよね。あれって、赤ちゃんに影響あるんじゃ……」

一華がポーチから取り出したたくさんの錠剤を思い出す。

「薬は……まあ、そうかもしれないけど」

「そうかもって……それは、ちょっと無責任じゃないんですか？」

夕侑は、曖昧な一華の答えについ言い返してしまった。子供のことを考えたら、意図せず語気が荒くなってしまう。

「お医者さんにかかってるんじゃないんですか？　いや、医学生なら薬の成分ぐらいすぐに調べられますよね。なのに、どうしてそんな危険なことを」

「でも飲まないといられないのよ」

一華も大きな声を出す。

「飲まなきゃ倒れるんだもの」

「どうして……」

理由がわからず困惑する。一華は言ってしまったことを後悔する顔になった。視線を床に落とし、しばし黙りこむ。

答えを待っていると、やがてぽつりともらした。

「あなたには関係ないこと」

そしてベッドに乗りあげて横になった。

「獅旺さんは、知ってるんですか」

問いかけると、一華は眉根をよせた。

「知るわけないわ」

「じゃあ、何かあるのなら相談すべきです。獅旺さんの子供でもあるのだから」

一華が起きあがる。

「彼に言わないで」

「無理です」

夕侑も強気になった。本来の頑固さが顔を出して、意地を張ってしまう。

「大事な問題です。知ってしまったからには黙っていられません」

「あなたってほんと、扱いづらいオメガね」

「獅旺さんには何でも話すように言われてますから」

ふたりの間に秘密は作らない。それが恋人関係を健全に保たせる秘訣だと学んでいた。

一華は両手で額をおおった。ぐったりとうなだれて「はあ」と深くため息をつく。

「……何で言っちゃったんだろ……。こんなオメガに……」

取り返しのつかないことをしてしまったという様子に、夕侑は言いすぎたかと考えた。けれどお互いもうなかったことにはできない。沈黙が訪れて、間に時折、ミャァという小さな鳴き声が響いた。


「……薬は、一度しか飲んでないから、多分、大丈夫。もう飲まなければ、影響はないと思う……。それよりも、このこと、誰にも言わないで欲しい。もちろん獅旺にも。黙っててくれるなら、具合が悪くなった理由をあなたにだけ、教える」

「……それは」

「獅旺に言ったって、解決しないの。無駄なのよ。でも彼にだけは知られたくない」

「わかりました。……じゃあ、誰にも言いません。獅旺さんにも」

夕侑は彼女の願いを優先することにした。

「約束よ」

「はい」

一華が鼻に皺をよせて顔をあげる。そして大きく息を吸い、観念したように全部吐き出した。

「……メンタルなのよ」

遠くを見るようにして告白する。

「メンタルが弱いの。獅子なのに、血が苦手で、匂いを嗅ぐだけで気分が悪くなるの」

「……え?」

夕侑は驚いた。肉食獣の頂点に立つ強靱な獅子が、血が苦手などと、そんな話は聞いたことがない。

一華は伸ばしていた足を折り曲げ、ベッドの上で体育座りになった。その膝に顎をのせる。

「子供のころ、母がウサギのぬいぐるみを買ってくれたわ。本物によく似た可愛いぬいぐるみだった。私はそれがお気に入りでいつも抱えて眠っていたの。あの子は私の大切な友達だった。……五歳になったとき、祖父と父について欧州に旅行に出かけたわ。そのとき、郊外の森に連れていかれて、そこで初めてのウサギ狩りに参加させられたの。祖父や父が獣化してウサギを捕まえて、血だらけのまま咥えて戻ってきたとき、私は恐怖で気絶しそうになった。それを皆が貪り喰うの。あり得る？　その光景がトラウマになったのよ。家に戻ったときは、ウサギのぬいぐるみを見るだけで思い出し、吐くようになったわ」

ぼんやり語る一華は、少し幼い顔をしていた。

「それ以来、血が駄目なの。匂いがするだけで倒れそうになるわ。獅子のくせに」

一華がこちらを見て、肩をすぼめる。

「誰も知らない私の秘密よ」

夕侑はカフェでの出来事を思い返した。

「じゃあ、駐車場で気分が悪くなったのも」

「母猫の血のせいだわね。外出時はいつもノーズマスクをしてるんだけど、あの日は忘れちゃったのよ」

「そうだったんですか」

夕侑はそんな彼女に、不思議に思ったことをたずねた。

「けど、……一華さんは、医学生ですよね？　……血だって扱うんじゃないですか」

「そうよ」

どこに焦点をあわせているのかわからない目で答える。

「血は無理、なのに、私は医者にならなきゃならないわけ」

「……」

片頬を持ちあげて皮肉っぽく笑った。

「諌早家は代々医者の家柄。祖父は私に多大な期待をよせている。自分以上の医師になれるだろうって、私のことを誰彼構わず自慢するの。誇らしげにね。だから私は医者にはなれないと、祖父に言えないのよ」

「でも身体を壊すぐらい血が苦手だったら……。明かして楽になったほうがいいんじゃ」

「できないわ。祖父は私のことを溺愛してくれてるし」

「だったらなおさら、言えばわかってもらえるのでは」

「幻滅されたくないの」

夕侑の言葉を遮《さえぎ》るように、パシリと言い切る。

「誰にも。馬鹿にされたくもないし、蔑まれたくもない。いつだって一番気高く優秀なアルファ雌獅子でいたい。だから隠すのよ」

「……」

　ヒト族の夕侑には理解できない、獅子族のプライドの高さだった。

「獅旺の話をしたときのこと、覚えてる？　機械工学の博士になりたがってたってこと」

「ええ」

「彼はその夢を諦めて、御木本グループの総帥を目指しているじゃない。やりたくもない経営学を専攻して」

「……はい」

「私もそう。なりたくもない医者を、諫早家の誇りを守るために目指してるの」

　一華が顎をあげる。

「私たちは同じ境遇なの。だから私は獅旺が努力する姿を見て、自分も頑張ろうって思えるのよ」

「……」

「一華さんが、獅旺さんと結婚したい理由はそれですか」

「そう。彼がいなきゃ、私は支えを失う。だからずっとそばにいて欲しいのよ」

　夕侑は瞳を伏せた。彼女は彼女なりの理由で、獅旺を必要としている。そしてその想いもとても強い。

　ヒト族オメガには到底及ばない次元の、獅子族アルファのみが抱える苦悩と現実に、夕侑は返す言葉がなかった。

＊　＊　＊

翌日の夕方、獅旺が諫早家にやってきた。

「俺の実家で引き取れないか母に聞いてみたが、今は忙しくて無理だそうだ」

「そうですか」

「だから早く終わらせてしまおう。里親についても調べてきた」

一華と夕侑が、子猫にミルクをあげる横でスマホを取り出す。

昨夜のことがあって、一華は幾分か大人しい。獅旺がくると目線で『絶対に黙っててよ』と夕侑に念を押してきたので、こちらも彼女にだけわかるようにうなずいた。

何も知らない獅旺が里親探しについて説明する。

「一番いいのは、知りあいにもらってもらうことだ。だからお互いのネットワークを使ってまず探すことにする。俺は母にも頼んでみる。それから、ポスターやチラシなどを作って動物病院においてもらう。病院にくる人なら身元もわかっていて安心だ」

「そうね。そうしましょ」

一華が賛成する。

「九匹もいるから時間がかかりそうですね」

夕侑が猫を抱きあげて言った。

「ポスター用に一匹ずつ写真を撮ろう」

「区別できますか?」

「難しいな」

「目印になるものを何かつけなきゃ。リボンとか用意するわ。写真は私が撮る。得意だから」

「じゃあ任せた。撮ったら俺のスマホに送ってくれ」

「ええ」

ミルクを終えた子猫から順に、別の籐カゴへ移していく。

「……あれ?　一匹足りません。迷子になってる」

全部で八匹しかいない。

「うん?　どこだ?」

獅旺と一華が身をひねって周囲を探す。すると獅旺の後ろで、黒猫がカリカリと壁伝いに這っていた。

「ここにいたぞ」

獅旺が猫をつまんで持ちあげ、「ん?」と声を出す。

「なんだ?　ここ。壁じゃないのか」

白壁に手をあてて不思議そうにした。

「ドアになってる。隠し扉?」

壁を押すと、カタンと動いてスライドする。

「ちょっ!」

それを見た一華がいきなり大声を出した。

「だめ、あけないでよっ！　そこはっ！」

大慌てで立ちあがると、獅旺の後ろに走っていき、あきそうになっていた扉を両手でしめる。バタンと大きな音がして、夕侑と獅旺はビックリした。

「……ここは、ぜったいに、あけないで」

壁を背にして、一言ずつ低く絞り出す彼女に呆気に取られる。

「何だ？　何が入ってるんだ」

獅旺がたずねた。

「いいから。ここは私の、秘密の部屋なの。絶対に見られたくないものが入ってるから。あけたら許さないわよ」

ポカンとなったふたりに構わず、一華が睨みつけながら念を押す。

「……まあ、別に興味はないから、あけたりはしない」

彼女の剣幕に、獅旺もそれ以上は聞かなかった。夕侑も黙ってうなずく。きっと女性にとって大切なものが入っているのだろう。男性陣には見られたくないような。

夕侑は扉の存在を忘れることにした。

その日も夜まで子猫の世話をしながら打ちあわせをして、獅旺だけマンションに帰っていく。

「大丈夫か？　下僕にされていないか」

見送りに出た玄関先で少し立ち話をした。

「下僕にされているのは猫にだけです」

「それならいいが。早く譲渡先を見つけて、とっとと終わらせよう」

「はい。いい里親が見つかるといいのですが」

「うん」

獅旺がかすめるようなキスを頬に落とす。

そのとき正門から一台の車が入ってきた。夕侑たちの横をすり抜けて、奥に駐車されたのは黒塗りの高級車だった。誰だろうと思っていると、ドアがあいて一華の父親がおりてくる。

「やあ、獅旺くんじゃないか」

「こんばんは」

おっとりした雰囲気の父親は、気さくに話かけてきた。

「どうしたんだい。――ああ、子猫か。そういえば一華からメッセージをもらってたな」

横に立つ夕侑を見て、おや、という顔をする。

「きみはたしか……、大谷くんだったよね」

「はい。子猫の世話で、毎晩お邪魔しています」

頭をさげて挨拶をした。

「そうか。うん、わかったよ」

穏やかな笑顔で、何度かうなずく。祖父と違い、父親は夕侑に対しても丁寧に接してくれる。

「私は忙しいから、顔をあわせることもほとんどないと思うが……」

話しながら、父親は夕侑と獅旺を交互に見比べた。抑えがちだが興味を隠しきれないといった視線に、夕侑はいつものことだからと気にせずにいた。

こちらが普通にしていると、父親が少し居心地悪そうな笑みを浮かべる。

「いや。申し訳ない。不躾に見てしまって。……その、運命の番という組みあわせには、初めて出会ったもので」

人のよさそうな紳士は、指で鼻頭をかいて興味を誤魔化した。

「御木本家では、獅旺くんが初めてなんだよね。……運命の相手を見つけたのは」

「そうです」

獅旺は落ち着いた態度で答えた。

「そうか、うん。諫早家では、まだひとりもいない。本家はアルファのみだ」

父親が腕を組んで、困り顔で笑う。

「だから、我々は、運命の絆というものをよくわかっていない。諫早家は代々、純血の獅子のみで構成された家系だから、それが至上の価値観になっている。つまり、運命の絆よりも純血の絆のほうが強いと思いこんでいるんだ」

釈明のような説明は、今回の騒動に関してのこの人なりの気遣いなのだろうか。獅旺が黙って話を聞いているので、夕侑も横で同じようにした。

「そのために、義父も一華も、簡単に君たちを引き剥がせると、かるく見ているふしがある。一華の気性の荒さは祖父譲りで、ふたりとも思いこんだら自分の欲求のままに突き進むところがあるからね。それが原因で、今回、こんなことになって、御木本家にも迷惑をかけてしまい申し訳なく思っている」

父親の謝罪に、獅旺が目を伏せて応える。弁護士を挟む事態になっているのだから余計なことは言えないのだろう。相手もそれがわかっているのか、自分の思いだけを伝えてくる。

「一華は、母親がいないぶん、私がきちんと面倒を見なければならなかったのだが、なにせ仕事が忙しくて、手をかけるのも疎かになってしまった。あの子には、自分だけの幸せを見つけて欲しいと切に願っている。それを早くわかってくれるといいが」

父親として至らなかった部分を反省し、獅旺に苦い笑みを向けた。

「この件については、私は、できるだけ諫早の家の中で解決するようにしたいと考えている。御木本家に嫁いだ真維子さんにも迷惑がかかるしね。それまで、もう少し時間をもらってしまうだろうが、いいだろうか」

「わかりました」

真摯な頼みに、獅旺も誠実に答えた。

父親は最後に夕侑にも笑みを見せて去っていった。その姿を見送りながら、親の愛情の深さというものを改めて感じさせられた。

一華の父は、実直な人柄なのだろう。娘の性格をちゃんと見極め、周囲に気を遣いながらも、親の立場から彼女を守ろうとしている。

父親のいない夕侑にとって、彼の言葉は、ある種の羨望を持って心に沁みた。

獅旺と別れて、一華の部屋に戻る。もう夜も遅かったので、順番にシャワーを使い、夕侑はいつでも仮眠が取れるように、獅旺が持ってきてくれたスウェットを着て猫の世話をした。

ミルクを飲ませるのも慣れてきて、段々愛情もわいてくる。ミャーミャー鳴く子猫らに哺乳瓶を咥えさせながら、一緒に授乳する一華と何となく沈黙を埋めるように話をした。

「先ほど、お父様にお目にかかりました」

「そう。今日は早いお帰りだったのね」

「優しそうな方ですね」

「そうよ。祖父の陰に隠れてしまってるけれど、父も優秀な医師なの」

子猫に「ほら、美味しいでしょう」と時折話しかけながら会話をする。

「……言わないでくれそうね」

一華が話題を変えて呟く。

「はい?」

夕侑は子猫から顔をあげた。何のことかと相手を見返す。

「昨日話した、秘密」

「ああ、はい」

彼女が血が怖いという話のことだ。

「約束したので、絶対に言いません」

した。

「そう」

下を向いたままの一華が微笑む。そしていっとき子猫にミルクを与えてから、またぽつりとこぼ
「何だかすっきりしたわ」

「はい？」

意味不明に言われて、夕侑が問い返す。

「あなたに話してよ。大きな石が、胸からすっぽり落ちた気がする」

「……はい」

一華は、ミャアと鳴く子猫を優しく押さえて、こぼしたミルクをティッシュで拭いつつ続けた。

「誰かに、言いたかったのかもしれない。ずっとひとりで抱えてて、重すぎて嫌になってたから」

「そうですか」

「相手があなたなのが自分でもよくわかんないんだけれど」

ティッシュ箱に手を伸ばし、数枚抜く音に紛れて小さくこぼす。どう答えていいかわからなかった夕侑は、黙って子猫の世話をした。

「けど楽になったことには感謝するわ。ありがとう」

「いえ」

話を聞いただけで、他に何かしたわけでもない。

「でも獅旺とのことは、また別だから」

「はい」

「彼のことは諦めないわよ。絶対に取り戻してみせるから」

「……」

それには何も返せず、黙って目を伏せた。

ミャアミャア鳴く子猫らを、順番に籐カゴのベッドに寝かせていく。そうしながら、夕侑はこの子たちがすべてこの家からいなくなったとき、事態はどうなっているのだろうかと、ぼんやり考えた。

＊　＊　＊

翌朝、夕侑は一華の運転する車でマンションに戻った。

獅旺はもう登校した後らしく部屋には誰もいない。ひとりでアルバイトの時間まで勉強し、その後はいつも通りにコンビニに働きにいく。バイトの先輩に顔つきの暗さを指摘され、大丈夫と笑顔で強がって仕事をすませた。

五時すぎに店を出て、スマホをチェックすると獅旺からメッセージが届いている。『バイトが長引いて帰りは八時ごろになる。夕食はひとりですませてくれ』とあったので、『わかりました』と返事をした。ゼミにバイトにと忙しいらしく、大変だなと思う。

帰宅して簡単に食事をすませ、一華の家にいく準備を整えていると、玄関ドアのひらく音がした。

「お帰りなさい」

リビングから顔を出せば、獅旺に「ああ」と応えられる。

「遅くなった。すぐに一華の家に送っていくからな」

「はい」

獅旺は書斎にリュックをおきにいくと、その足でキッチンに入って冷蔵庫をあけた。ミネラルウォーターのペットボトルを取り出して、コップに注いで一気に飲む。喉が渇いていたらしい。夕侑は入り口でたずねた。

「今日も実家に泊まるんですか」

「いや。今日はここに戻って寝る。弁護士に会うのが週末だから、それまでは実家にはいかない」

「じゃあ、僕、電車でひとりでいきます。獅旺さんはゆっくり休んでてください」

「何言ってる。送るぞ」

ペットボトルの蓋をしめながら言う。

「けれど一華の家に一緒に泊まることはできないな。今の件が解決するまでは向こうとの接触は最小限にしたほうがいいと親父とも話した。こっちは結婚する気がさらさらないのに、出入りして余計な誤解を招くといけない」

「そうですね」

「だから早く猫を譲渡してしまわないと」

冷蔵庫にボトルを戻して、コップをシンクに入れた。

「話しあいは進展しているのですか？」

「いや。停滞《すす》したままだ」

コップを濯《すす》ぐと、水切り棚に入れてうんざりした顔をする。

「いっそのこと、今から役所にいってお前を御木本の籍に入れてしまうか？」

「えっ」

思いがけないことを提案されて、夕侑は考える前に首を振っていた。

「そんな。この状況では無理です」

「そうか」

夕侑の反応に、獅旺が苦笑する。

「まあ、そうだな。お前にもまだ、俺の家に入る覚悟ができていないようだし」

苦い呟きに、本心を言いあてられて目を伏せた。

「……すみません」

「無理強いするつもりはないさ。お前の中にはまだ色々なためらいがあるんだろう。俺はそれがなくなるのを待っている」

獅旺は夕侑が新しい一歩を踏み出すことができず、その場で足踏みを続けていることをちゃんとわかっている。なのにそれをじっと待つと言う。

心がふっと逃げ道に誘われる。全部この人に預けて、今すぐにでも『いいですね、役所にいきましょうか』と賛成してしまえば楽になるのだろうかと。

籍を入れて、獅旺と一華が結婚できないように先手を打つ。でも、そんな無責任に前に進むことはできなかった。

子供が生まれてくる。獅旺の血を継いだ純血の獅子が。その子には、やはり父親が必要なのではないかと考えてしまうのだ。

自分だけの番でいて欲しいという独占欲と、子供の幸せ。相反する道のどちらも選べなくて、それに加えて諸々のコンプレックスが、気持ちを千々に乱れさせた。

獅旺自身は、子供の未来をどう考えているんだろう。

一華の家に向かう車の中で、夕侑はその疑問を本人にたずねてみた。

「獅旺さんは、子供が生まれたらどうするつもりなんですか」

「どうするとは？」

ハンドルを握る獅旺が、前を見たまま聞き返す。

「その、つまり、……父親になるわけだから、子供に、どう接していくのかな、って」

心に抱えている不安を、言葉に整えつつ口にする。

「認知が必要ならそうする。その他にも、助けが必要になったら……まあその都度、考えるしかないだろう」

「そう、ですよね」

「父親の責任を押しつけられても困るが、まったく無視するわけにもいかないだろうし」

「……ええ」

生まれたらやっぱり自分の子は可愛いと思うのだろうか。そうなったら運命の番でも二番目になってしまうのか。普通の親は、子供を何よりも大切に愛するものだから。

そんな考えが心をよぎる。

「きっと獅旺さんに似た、可愛い子になるんでしょうね」

あの写真や動画のような。

今は夕侑のことだけを見てくれている獅旺だけれど、あんなに可愛い赤ちゃんがやってきたら、そちらのほうに目がいってしまうかもしれない。

ヒト族と獣人は子供ができにくいと言うし、もし自分が御木本家に入っても子供ができなかったら、一華と子供は御木本家にとって大切な存在になる。

それは想像しただけで胸が苦しくなるような未来だった。

ふと脳裏に、獅旺と一華、そして可愛い赤ん坊が三人で笑っている光景が浮かぶ。父親と母親がそろった幸せな子供。それはとても絵になっていて、本来あるべき姿のようで、夕侑は頭を振ってその妄想を振り払った。

＊　＊　＊

数十分かけて一華の家に着くと、獅旺は門の前で夕侑をおろした。

「一華に子猫の写真を送るように伝えてくれ。ポスターとチラシはもうほとんどできているから」

「はい。わかりました」

出迎えてくれた家政婦に挨拶をして、彼女の部屋に向かう。

ドアをあけるとミャアミャア元気な鳴き声が聞こえてきた。

「こんばんは」

「ああ、夕侑さん、ちょうどよかったわ。今、ミルクあげるところだから、早く手伝って」

「あ、はい」

リュックをおろして、籐カゴをのぞきこむと、そこには首に可愛いリボンを巻いた子猫たちがいた。

「……わ」

ぜんぶ色違いで、それぞれ金色の小さなチャームをつけている。

「すごい……。可愛いですね」

「そう？」

「これ、アルファベットになってるんですか」

チャームには英字が刻まれていた。

「これで区別がつくでしょ。写真映えもするし」

「そうですね」

ふわふわの毛玉みたいな塊に、カラフルなリボンがとても似合っていて愛くるしいことこの上ない。沈みがちだった気分が一気に上昇する。

「このリボンは、手作りですか？　わ、はしに刺繍もしてあるんだ。細かいし、すごく丁寧に作ってある」

「そうね」

気のない返事で、一華がミルクの準備をする。

「誰が作ったんですか。こんなにたくさん」

「家政婦さんよ」

「へえ……、手先が器用なんですね」

「まあそうね」

子猫を一匹抱きあげて、まじまじとリボンを見ていたら、さっき獅旺に言われた伝言を思い出した。

「あ、そうだ。獅旺さんが写真を送ってくださいだそうです」

「わかったわ。後で送っておく」

話しながら、順番に排泄させて、それからミルクを与えた。

「そうそう、私のSNSに子猫をのせたら、ひとり里親になりたいって人から連絡がきたわ」

「え？　もうですか」

「きちんとした身元の人だから、安心して渡せると思う」

「よかったです」

少しずつ子猫たちに愛着もわいてきていたので、手放すのを淋しく感じてしまう。

R
K

ミルクがすめば、子猫たちは籐カゴに戻された。動きが活発になり始めているから、カゴの中で押しあいへしあいだ。

それを一華が微笑みながら指でつついた。

「あなたたちみんな、新しい家で幸せになるのよ」

ネイルした指先に子猫が小さな手を伸ばす。懸命につかまろうとする可愛らしい姿に、見ている夕侑にも笑みが浮かんだ。

「いいわね、あなたたちには未来があって」

一華が自分にはないような口調でささやく。

「獣のままで生きていけるのは羨ましいわ。獣人は窮屈なことばかり」

独り言をもらして猫の背を撫でる彼女の横で、夕侑は使い終わった哺乳瓶を片づけた。

優秀な頭脳も美貌も、何もかもを手に入れて優雅な暮らしをしているように見えるけれど、獅子の誇りというプレッシャーの中で、不自由な人生を強いられているのだということが物憂げな言い方から伝わってくる。

「……その、窮屈を取り除くことは、できないんですか？」

何となく口から出たのは、自分も取り除けない憂鬱を抱えているからだろうか。

夕侑の呟きに、一華が顔をあげてきた。

「もしも、それがなくなって、自由に生きていけるようになったなら……」

「自由に？」

金茶色の瞳を瞬かせて、不思議そうな顔をする。

「はい。そうしたら」

「獅旺との結婚はしなくてもいいって？」

考えていることを先回りして言われた。

「え、ええ」

前に話した彼女の未来は、なりたくもない医者になることだった。どうにかしてその道を方向転換できれば、獅旺とは結婚しなくてすむのではないか。そう考えて。

「あ……でも」

結婚回避の道を探すのは、子供の幸福をないがしろにすることになる。無意識にその道を探っていた夕侑は、自分の独りよがりな親切に気づいた。

「すみません。そうじゃないんですよね。それに、獅旺さんのことが好きだから結婚したいんだし」

だから子供まで作ったのだ。夕侑の問いかけは的を射ていない。

けれど一華は栗色の髪を揺らしてドライな口調で言った。

「獅旺のことは好きじゃないわよ」

「えっ」

目を丸くして相手を見返す。

「え？　違うんですか？」

裏返った声で確認すると、一華が猫に視線を戻して答える。

「別に、そういうわけじゃないわ」

「え？　ええ？　……でも、じゃあ……え？」

頭の中が混乱する。夕侑はてっきり、獅旺のことを愛してるから結婚したがっているのだとばかり思っていたのだが。

「じゃあ、どうして結婚したいのですか」

「それはこの前、言ったじゃない」

「えと、……それは一華さんと獅旺さんが同じ境遇で、獅旺さんが頑張る姿が支えになってるから、ずっとそばにいて欲しくて、だから結婚したいのだということですか」

「そうよ。彼がいなきゃ私は支えを失うの」

「愛してるんじゃなくて？」

「愛？」

今度は一華が目をみはった。

「違うわ。獅旺は同志よ。戦場は違えど同じように戦い続けてきた戦友なの。もしくは下僕」

「…………」

「なのに獅旺ったら、あなたとの番契約を機に、経営者に喜んでなるという意識の方向転換をしたのよ。機械工学の研究者になる夢を放り出して。自分だけ戦場を捨てて楽な道を選ぼうとしたのよ。そんなのある？　私はそれが許せなかったの。今までずっと大切にしてきた夢を簡単に諦めて、もういらないって言うなんて」

呆気に取られて話を聞く。

「私、その話を聞いたとき、ずるい、って思ったの。ずるい、自分だけ、何でそんなことするのって。残された私はどうしたらいいのって。獅旺がいたから、彼も苦しんでる姿を見ていたから、自分も頑張れるって思ってたのに。ひどいじゃない」

一華は一気にまくし立てた。それを眺めながら、夕侑は何と言っていいのかわからなくなった。とても我が儘な思考のような気がするが、彼女なりに苦しんではいるらしい。夕侑の悩みとは次元が全然違うが。

「では、獅旺さんを愛してるわけじゃ、ないと……」

「私が愛してるのは、私だけよ」

ふくれっ面になりながらキッパリと言う。

「他の誰も、愛したことなんかない。私が愛してるのは、この誰にも劣らない雌獅子の自分だけ」

自信に満ちた、けれどどこか逃げ場のないプライドを感じさせる口調だった。

「……じゃあ、獅旺さんの代わりに、支えになる人を見つければ」

「いないわ」

一華が長い足を折りたたんで、膝を両手で抱える。

「同じように純血のアルファ獅子で、名門の生まれで優秀で、私のこの性格を理解して、なおかつ私がつらいときには黙ってそばにいてくれるのは、獅旺しかいないの。昔からそうなのよ。母が死んだときも、獅旺だけが一緒にいてくれた」

長いまつげを伏せて、少し淋しそうに話す。夕侑はそれを聞きながら、この人はやっぱり獅旺のことが好きなのではないかと考えた。幼いころから一緒に育ち、婚約者だと約束されて、苦楽を共にしてきたのなら並々ならぬ情だってわくだろう。それが愛なのかどうか、本人が気づいていないだけで。

「だったら他に、……何か、別の支えとか、気持ちが楽になる他の解決方法があれば、獅旺さんがいなくても、ずるいと思わずにすむかも、……になりますか？」

本人が愛ではないと言うのなら、他の道を模索できないかと聞いてみる。そんな夕侑を一華が冷めた目で見てきた。

「あるわけないわ。私だってずっと探してきてて、見つけられずにいるんだもの」

「ないんですか」

彼女自身が見つけられないのなら、他人の夕侑が簡単に思いつくわけがない。

「夢とか、あればいいんですけどね」

夕侑には将来福祉関係の道に進みたいという夢がある。その目標が、自立したいという気持ちを支えている。一華にもそんな夢みたいなものがあれば、心の支えになるのではないだろうかと考えて口にしたのだが。

「夢なんて」

フッと片頬をあげて笑う。

「そんなの、ないわね」

「やりたいことは何も？」

「やりたいことは、あるけど、獅子らしくない恰好悪い趣味だから。幼いときに捨てたわ」

獅子としての誇りを最優先する考えに、ヒトの夕侑はそれ以上口を挟めなかった。

「ではやはり、獅旺さんとの結婚が絶対に必要なんですか……」

「そうよ。私は私のために、獅旺を取り戻したいの。あなたには負けない」

一華がカゴの中でミィミィ鳴く子猫を一匹取りだして、手のひらにのせた。

「でも、私、あなたのこと、出会ったころよりは、そんなに嫌いじゃなくなってる。オメガだけど、何だか話しやすいし」

夕侑が驚いて目を見はる。けれど自分も彼女に対しては、最初に感じた印象から変わってきていた。打ち解けるつもりはなかったけれど、子猫を通して奇妙な交流ができてしまっている。

一華がやわらかな腹を撫でて、ぽつりと独り言をもらす。

「獅旺がふたりいればいいのに」

小さすぎる呟きは、子猫の鳴き声に紛れて消えた。

＊　＊　＊

猫の里親は順調に見つかっていき、一匹、また一匹と譲渡先に巣立っていった。

子猫発見から十日がたっている。夕侑は毎日、一華の家に通って夜間の世話を手伝っていたが、それも終わりになりつつあった。そんなある日、バイトが終わってコンビニを出ると、身体が少し熱くなっていることに気がついた。

「……あれ」

もしかして、と思ったところに獅旺からメッセージが届く。

『今夜あたり発情期がくるかもしれない』

最近は本人よりも夕侑の体調に詳しい番が予報を伝えてくる。

『そうみたいです。家で待ってます』

と送り返して、一華にも連絡をいれた。

『すみません、発情期に入ったみたいなので、数日そちらにはいけなくなりますが、大丈夫でしょうか』

というメッセージにしばらくして返事がくる。

『仕方ないわね。子猫の数も減ってきてるし、私も慣れてきてるから、たぶんひとりで乗り切れると思うわ』

大丈夫という返信に、安心して帰宅した。

夜になれば、次第に本格的な発情がやってくる。獅旺も忙しいのだし、あまり手を煩わせたくないなと思いつつ、これから数日間は彼を独占できるのだという甘い毒に心が疼いた。

シャワーをすませてベッドの中で待っていると、しばらくして玄関からバタンバタンという大きな音が響いてくる。獅旺が急いで帰ってきたらしい。

寝返りを打てば、もうそこには愛しい人がいた。

「シャワーを浴びてくるまで、待てるか」

暗闇の中、夕侑の汗ばんだ髪をかきあげて問う。

「無理です」

獅旺からも甘い匂いがする。両手を伸ばして服を掴めば苦笑された。そして待ちわびたキスがくる。

唇が重なると、夕侑は身体の中から愛情という名の蜜がわき出てくるのを感じた。胸のあたりからどっと生まれて全身を巡っていくその感覚は、発情のせいだけではない。獅旺と肌を重ねるようになってから芽生えた情感だ。

愛があるからつらい発情も耐えられる。数日続く苦しみも怖くない。それ以上に、発情期がふたりにとってかけがえのない時間になりつつあるのを自覚する。

両手で獅旺の頬を包みこみ、金茶色の瞳をのぞきこんで、——この人は、僕の宝物、と心の中で呟く。

無意識に妖しく微笑んでいたらしい。獅旺の虹彩が応えるように獣の形になる。

そして嵐がやってきて、夕侑はオメガに自我を明け渡した。

いつものように熱に浮かされ、身体を重ね、少しずつ渇望が満足へとおきかわっていく。

口づけを繰り返し、相手の熱い雫を腹の奥で受けとめ、やがて蜜の海から引きあげられる。

二日間を濃密にすごした後、三日目の朝、発情期は潮が引くように去っていった。

朝日差すベッドの中、目覚めても身体に怠さが残っている夕侑に、かたわらの獅旺が寝返りを打って言った。

「今日が土曜日でよかったな。ゆっくり休んでおけ」

ふたりともまだシーツの中だ。

「大学とバイトは大丈夫だったんですか」

獅旺は夕侑につきあって丸二日休んでしまっている。

「ちゃんと調整してあるから大丈夫だ。心配するな」

黒髪をクシャリとかき混ぜてから、「シャワーを浴びてくる。その後で飯にしよう」とベッドをおりる。

部屋にひとり残された夕侑は、うつ伏せて枕を抱えた。まだ少し熱っぽいので、数日後にまた発情期がくるかもしれない。そう予想して、小さくため息をついた。

「別に、期待してたわけじゃないけど……」

発情がきたということは、妊娠していないということだ。

「その前に考えなくちゃいけないことがあるしな……」

一華の問題を、両家はこれからどうやって解決していくのだろう。それが決まらなければ、夕侑の気持ちも落ち着かない。

上がけの中で気怠さを持て余していると、獅旺がスマホを手にやってきた。肩にタオルをかけただけの恰好だ。

「子猫一匹、注文が入ったぞ」

と声をかけてくる。

「母の知人で、浦安に住んでいる夫人が里親を願い出てくれた。それで家まで配達して欲しいと言ってきてる」

まるでピザでもデリバリーするように話す。

「そうですか。よかった」

「ちょうどいい、ドライブがてら一緒にいくか。今日は天気もいいし」

「あ、はい」

誘われて、ベッドから身を起こした。獅旺とのドライブは久しぶりだ。

嬉しくなった夕侑はもやもやした気分を頭から追い払って、シャワーを浴びるために浴室へと向かった。

＊　＊　＊

朝食の後、獅旺の車で一華の家にいき、キャリーバッグに子猫を入れる。それを車に積みこんで目的地に出発した。暑い日だったが雲が多く、エアコンの効いた車内は快適だった。

「猫を届けたら、どこかによってゆっくりすごそう」

「はい」

浦安の街中から少し離れた場所にある豪邸には、一時間もせずに到着した。出迎えてくれたのは高齢の夫人で、グランドピアノがおかれたリビングに通されて、そこで猫をお披露目した。

「まあ可愛い子猫ですこと」

サバトラ柄の子猫を、夫人はとても喜んで抱きあげた。譲渡に関する話も真剣に聞いてくれたので、この人なら大切にしてくれるだろうと安心する。

「この子は雑種なんですよね」

「はいそうです。野良だったので」

あらかじめ用意されていたゲージに子猫を移すと、猫はウロウロと中を歩き始めた。そんな姿を夫人が目を細めて見守る。

「雑種であっても、ただの獣なら家柄もないから気楽に可愛がれますわね。私たち獣人は、そういうわけにはいきませんから」

ほほ、と微笑みかけられ、夕侑は曖昧に笑って応えた。

そこに使用人がお茶を運んできたので、ソファセットに移動し雑談をする。

「御木本家の奥様とは、とても親しくさせていただいておりますのよ。御木本家は獅子の一族、うちは豹の家系、お互い純血の獣人同士、共通点も多いですし」

上品な仕草でカップとソーサーを扱いながら夫人が話す。

「御木本家も、ご立派なご子息をお持ちになって、この先も安泰で羨ましいことです。御木本一族は、純血の獣人サロンでも一目おかれる存在ですし、皆が尊敬しておりますのよ。お仕事面も、家系を守ることも順調でいらっしゃって」

夫人の言葉に、獅旺が礼儀正しく微笑んだ。

「最近では、純血を守ることも難しくなってきていますしね。特に若い人はその場限りの情に流されて、雑な交配をしてしまうこともあると聞きます。ほめられた行為ではありませんわ」

嘆かわしいと首を振る夫人に、獅旺が何か言い返そうとする。横に座る夕侑は、彼の手を目立たぬようにサッと押さえた。

「……あの、子猫の説明をもう少しさせていただいてもよろしいでしょうか」

夕侑が話を遮る。

「え？　ええ、いいわ」

「あの子はお腹を壊しやすいので、そんなときはミルクを濃くしてあげてください」

「あらそうなの。わかったわ」

夫人がうなずく。

「あなたはとても仕事熱心なのね。野良猫の里親探しはボランティアでしているの？」

と夕侑に問いかける。それには否定せず微笑むだけにした。

譲渡が終わり、夫人の家を辞去した後、車に乗りこんだ夕侑は、流れる景色をぼんやりと眺めてすごした。

——雑な交配。ほめられた行為ではない。

夫人に言われた言葉が思い出される。

あれはきっと上流獣人の一般的な考え方なのだろう。

もし、夕侑が御木本家に入ったら、獅旺はきっとゆく先々で、残念なことになりましたね、純血は失われてしまうのですね、と一生言われ続けることになる。

それがどれほど今後の御木本家に影響を与えるのか、夕侑には想像もつかない。上流階級の社交の場で、グループを牽引していく獅旺の評価で、きっとその事実はつきまとう。

獅旺自身は血統など気にしていない様子で、この前などは『いっそのこと籍を入れてしまうか』などと一足飛びの解決法を提示してきたけれど、夕侑は怖くなって反射的に断ってしまった。

自分は獅旺と結婚したいのか、そうでないのか。本音がぐるぐる迷子になる。どうすることが一番いいのか。最善の方法は何なのか。

自分にできることは――。

「あんな言葉、真に受ける必要はないぞ」

声をかけられて、夕侑は我に返った。隣を見ると、獅旺が憮然とした顔をしている。

「大丈夫です。気にしてません」

苦笑で答えて平静を装った。

「純血にこだわるのは古い考えだ。どの種族もいつまでも純血でいられるわけじゃない」

「はい」

獣人の誇りは、ヒト族には理解するのが難しい。夕侑は外の景色に目を移した。

すると流れる風景の中に、目立つ円形の造形物を見つける。

「あ、獅旺さん、観覧車が見えますよ」

偶然目に入った乗り物に話題を移せば、獅旺もそちらに視線を向けた。

「海浜公園だな。よし、いってみるか」

「はい」

せっかくのデートなのだ。楽しくしたい。夕侑は明るい声で返事をした。

獅旺がハンドルを切って進路を変える。海浜公園に入ると、駐車場に車をとめて、入り口へと向かった。まず一緒に園内にある案内板を確認する。

「向こうに観覧車、あっちには水族館もあります。運動公園もあるし、海辺で遊ぶこともできますよ。ここ、すごく広い公園なんですね」

初めてきた夕侑はあちこち眺め回した。

「まず昼食にしよう。腹が減った。それから順番に見て回ろう」

「はい」

昼時だったので、近くにある海の見えるレストランに入り、窓際のカウンター席で食事をとる。獅旺はボリュームのあるランチプレートを、夕侑はサンドイッチと飲み物を注文した。海を眺めながらの昼食が終われば、パンフレットを見て回覧ルートを決める。こんな休日デートは久しぶりで胸がわくわくした。

「最初に水族館にいって、それから観覧車に乗るか」

「運動公園はいいんですか？　獣化して浜辺まで走ることができますけど」

「今日はいい。ずっとお前と一緒にいる」

手を伸ばして、夕侑の手を握る。先刻のことがあったせいか、細やかな気遣いに胸がじんわり温かくなった。

レストランを出て、近くにある水族館に向かう。ガラスドームが目立つ近代的な建物は、週末のせいか子供連れも多く賑やかだった。入場券を購入して中に入れば、少し暗めの館内は冷房がよく効いていて、大きな水槽で泳ぐ魚たちに囲まれると本当に海の底にきたような気分になる。

「水族館は小学校の遠足以来です」

「俺には全部、食い物にしか見えんな」

どれが一番美味しそうか品定めする目で、海の生き物を観察する獅旺に、夕侑は苦笑した。

巨大水槽で泳ぐ大型の魚の群れに驚き、小さな水槽にちんまり暮らす可愛い生き物に癒やされる。鮮やかな色をした熱帯魚は、いつまで見ていても飽きなかった。

アシカやトドの水槽が並ぶスペースでは、獣の中から獣人を見つけるクイズにも挑戦する。

「アシカの三番は獣だと思います。飼育員さんの指示をわかってないみたいですから」

「トドの二番がバイトの獣人だ。あれは演技だな」

などと相談し、獅旺は見事正解し、記念のアシカのぬいぐるみをゲットした。

「お前が持ってろ。お前のほうが似合う」

と言われて、夕侑は残りのコースを枕大のアシカを抱えて歩くことになった。周囲の子供たちが羨望の眼差しでこちらを見てくるのがちょっと恥ずかしい。

頭上で魚が泳ぐドーム型の通路を興味深く眺めながら通過し、餌を食べるペンギンを見て可愛らしさに拍手する。コースの最後にあるおみやげコーナーでは、チンアナゴがデザインされたフォークとスプーンのセットをふたつ購入した。

「デザート用に、ちょうどいいだろ」

「嬉しい。今日の記念になります」

「お前が楽しいのならよかったよ」

獅旺も楽しそうに言う。

水族館の次は観覧車に向かった。夕侑はアシカを抱えてゴンドラに乗ると、獅旺と向きあって腰かけた。

ゆっくり上昇するカゴの中から、次第に姿をあらわす海を眺める。反対側にはビル群が広がっていた。眼下の大橋を玩具のような車が渡り、海ではモーターボートが駆けている。

「今日は雲があるので遠くまでは見えませんね」

空を見あげていると、「夕侑」と呼ばれた。

「はい」

振り返ったら、パシャリと写真を撮られる。

「いい構図だ」

スマホを見ながら獅旺が満足げに呟く。夕侑はその写真を見せてもらった。アシカと一緒に口をあける姿はちょっと笑ってしまう。

「何だか間抜けじゃないですか?」

「いや可愛いぞ。もっと撮ろう」

「僕も撮りたいです」

自分もスマホをポケットから出して、獅旺と並んで自撮りをした。たくさん収めて、合間に景色も堪能する。そうしていたらあっという間に一周してしまった。

「夜になったら、きっと夜景もきれいなんでしょうね」

「じゃあまた今度、夜にくるか。近いからいつでもこられる」

「はい」

観覧車を楽しんだ後は、浜辺へと出た。

陽も傾き、海風が心地よくなる時間帯になっている。潮風に髪や服をはためかせ、砂浜を散策した。やがて波打ち際が石とコンクリートでできた場所に出ると、そこでは家族連れが楽しそうに遊んでいた。

いつの間にか雲が切れ、太陽が姿を見せている。海面が陽光を反射して、キラキラと輝いていた。

「きれいですね」

「この時間なら、ちょうど日の沈むところが見られるな」

コンクリートのはしに並んで座り、波がいったりきたりするのをしばし眺める。海の向こうでは、太陽が西に沈みつつあった。雲は桃色から紫色にグラデーションをかけて空を彩っている。楽しかった一日も終わりが近づいてきて、夕侑は何となく物淋しくなり腕の中のアシカをギュッと抱きしめた。

帰宅を急ぐ子連れの家族が、ふたりの近くをゆきすぎる。幼い子供の手を引くのは父親だ。

郷愁を呼び覚ます風景に誘われ、心に秘めていた憂いがふっと浮きあがってくる。

「……諌早家とは、どうなりそうですか」

波の音に乗せるように小さく呟くと、獅旺は石の欠片を拾って海に投げた。

「難航しているな」

波に消えた石の影を、夕侑も目で追う。

「けれど、事態は少し変わってきているようだ」

「え？」

夕侑は隣の人を振り返った。

「弁護士を通しての話しあいが、いったん休止になっている。その原因は、諌早家の内部で、何か問題が起きているかららしいんだ」

「問題が？」

「ああ。どうやら一華の態度が以前と異なり、曖昧になってきているらしい。何か、重大なことを隠していて、そのため話を進めるのをためらっているような」

「……」

それは彼女が血が怖くて医者になれないという秘密のことだろうか。

「お前は、毎日一緒にいて、何か感じなかったか？」

「えっ」

「一華が何を隠しているのか、わかるか」

「それは」

知っているが、話すことはできない。内緒にすると彼女と約束してしまったからだ。

「……わかりません」

獅旺には何でも話すと決めていたにも拘わらず、嘘をついてしまい夕侑は罪悪感を覚えた。

「そうか。じゃあ、何かわかったら教えてくれ」

「はい……」

「一華の父親が、どうにか問題をうまく収めようと努力してくれているらしい。それがいい方向にいくといいんだが」

夕日に目を細め、獅旺が呟く。

「そうですね」

夕侑も賛同して夕焼けを眺めた。先日、一華の家の前で会った優しげな紳士を思い出す。娘のことを心配し、同じように夕侑たちのことも気遣ってくれていた人の姿を。

「……獅旺さん」

夕侑は今日一日、デートの間にずっと考えて、自分なりに決めたことを喉元まで浮上させた。

静かなさざなみに気持ちを落ち着かせ、少しずつ言葉という形にして伝えてみる。

「僕、獅旺さんに、ひとつお願いがあるんです」

相手が髪をはためかせながらこちらを見る。それを頬に感じつつ、波風に乗せて話をした。

「来年には、一華さんに子供が生まれます。純血の獅子の子が。……そうしたら、その子の父親に、ちゃんとなってあげて欲しいんです」

獅旺が表情を変えたのがわかった。けれど話はやめなかった。

「僕のことより、優先して幸せにしてあげてくれませんか」

そして瞳を相手に移す。口元を笑みの形にして、これはそれほどつらい願いではないのだと装った。

「獅旺さんのことだから、子供ができても、きっと僕との生活を優先して守ろうと、そう考えてくれているんでしょう。けれど、そうじゃなくて、子供のことを一番に考えてあげて欲しいんです」

「一華が勝手に作った子を、お前より愛してやれと？」

「……はい」

「どうして」

静かな声が問いかける。

「俺の気持ちをわかっていて、どうしてそんなことを言う」

心臓がドクンと波打った。獅旺の眼差しに非難はなかったが、失望は存在していた。

この人のことを、今自分はひどく傷つけている。

「ごめんなさい。獅旺さんは僕のこと、百パーセントの愛情で大切にしてくれているのに、こんなことをお願いしてしまって。身勝手なことを言っているのはよくわかっています。……けど、僕はどうしても、どうしても……」

　喋っている間に感情のほうが前にでてきてしまい、言葉が途切れがちになった。

「生まれてくる子供に罪はないです。たとえどんな子であっても、父親からは愛情を受けて、守られて生きるべきだと思います。それが、何よりの幸せだと……だから……」

　そしてその子は、夕侑が決して産むことのできない獅子の誇りを、獅旺と御木本家に贈ることができる。

「もし、幸運にも、僕に子供ができたら、ふたりを分け隔てなく愛してください。けれど、万一、僕に子供ができなかったら、……一華さんと子供を獅旺さんの一番にしてください。僕はもう十分、愛してもらったから」

　夕侑はアシカを両腕で抱きしめた。

「……ごめんなさい。我が儘で」

　震え声で謝ると、獅旺はもう何も言わなくなった。

　波の音が繰り返し静寂を呼びよせる。俯いた夕侑が唇を引き結べば、やがて相手がぽつりとささやいた。

「それが、お前の望みなのか」

　怒りではなく、納得を含んだ声に安堵する。

「はい」

　鼓動を早める心臓が痛い。そんな夕侑の肩を、獅旺がそっと抱きしめてきた。自分のほうに引きよせると、すべてを理解した声音でささやく。

「我が儘なんかじゃない。そうじゃなくて、お前は、頑固で優しすぎるんだ」

夕侑の耳元で言い聞かせるように話す。

「そうか。……よく、わかったよ」

獅旺が手のひらに力をこめた。

「お前の望みどおりにしてやる」

決意をこめた返事に、わずかの諦めが混ざっている。

夕侑は自分の身勝手な頼みに深く心を痛めた。

第四章

獅旺は夕侑の希望を受け入れてくれた。

アルファはオメガを守るためにいる。まさにその言葉をあらわすように。優しすぎるのは彼のほうだ。そしてそれに甘えてしまった自分は、獅旺が将来子供と一華のところにいってしまったとしても泣いてはいけない。

「そうだ」

一華の家に向かいながら、夕侑は頭を振った。

「どんなに思い煩ったって、これが最良の方法だと、もう決めたんだから」

子供の幸せを一番に考える。彼に対する愛情と独占欲は心の奥底に抑えこんで、自分は二番目にしてもらう。それで後悔はしないと決意した。未来はどうなるかわからないけれどその気持ちで生きていく。離れればなれになるわけじゃない。一生会えないわけじゃない。だったら、きっと我慢できる。

「よし」

後退する気分を無理矢理前向きにして、一華の家のインターホンを押した。バイトが早く終わった今日は、コンビニを出た足でそのままここにきている。発情期のせいで三日間の休みをもらっていたので、今日は彼女をゆっくり休ませてあげようと思い、早めに訪問したのだった。

「こんにちは」

玄関先で出迎えてくれた家政婦に挨拶をする。

「いらっしゃいませ。どうぞお入りください。お嬢様はまだ大学ですが、お部屋に入ってお待ちください とのことです。猫たちにはさっきミルクをあげておきました」

「わかりました」

頭をさげて廊下を進み、ふと思い出して足をとめる。

「そういえば、子猫たちのリボンを作ってくださり、ありがとうございました。とても可愛くて、すごく似合ってました」

「はあ」

家政婦が何のことかわからないという顔をする。

「あの、子猫のリボン、作ってくださったんですよね?」

問い直すと、家政婦は首を振った。

「いいえ。私は作っておりません」

「え? そうですか」

「ええ。では子猫たちをお願いいたします。私は仕事が溜まってますので、これで」

家政婦は忙しそうに去っていった。

「もうひとり、家政婦さんがいるのかな……」

首を捻りつつ、一華の部屋に向かう。部屋に入ると子猫たちはミーミー鳴いて夕侑を待っていた。全部で五匹になった猫は動きも活発になり、少し目を離すとカゴをよじ登ろうとする。特に黒猫のディディがおてんばで、脱走の常習犯だ。

そのディディをカゴから出して運動させる。玩具を与えてじゃれつかせていると、ふと隠し扉に目がいった。一華に絶対にあけるなと言われていた扉だ。扉の前には、以前はなかった洋服かけがおいてある。

「……何が入ってるんだろ」

もちろん黙ってあけたりはしない。けれど中が気になる。じっと見ていたら、背後で音がした。振り返ると一華が部屋に入ってきていた。

「お待たせ。今日は早いのね」

「ええ。こんにちは」

今日の彼女はタイトな黒のワンピースだ。その下腹部が、ふっくらと膨らんでいる。

「……」

この前まではそんな兆候はまったくなかったのに、ここ数日で一気に育ったかのように小さな丘ができている。思わずじっと見てしまった。

夕侑の視線に気づいたのかそうでないのかわからないが、彼女はさりげなく部屋を横切り、掃き出し窓に向かった。

「そういえば、今日は天気がいいから、外に子猫の毛布を干しておいたの。家政婦さんは取りこんでくれたかしら」

ベランダを見ながら呟く。夕侑は自分の不躾な眼差しを隠すように身を乗り出した。窓の外は広いウッドデッキになっていて、観葉植物やガーデンベンチがおかれていた。そのベンチに何枚か毛布が広げられているのが見える。

「まだありますね。僕が入れてきます」

率先して立ちあがると彼女の横をすり抜け、窓をあけてデッキに出た。そうして温かくなった毛布を集めて回る。

「……お腹、膨らんでる」

小さく独りごちながら、一枚ずつ毛布の埃を払って畳んだ。

赤ん坊は順調に育っているらしい。気持ちは複雑だが、なるべく落ちこまないよう気をつける。

毛布を手に室内に戻り、カゴの中に敷いて上に子猫をのせると、皆嬉しそうにもぞもぞと転がった。

「どんどん数が減るわね」

夕侑の横に座った一華がしみじみ言う。

「そうですね」

「一匹ぐらいは手元に残そうかしら」

「赤ちゃんに猫アレルギーがなければ、いいんじゃないでしょうか」

彼女のお腹が気になり、上の空で会話する。

「え？　ああ、そうね」

下腹に手をあてて、かるくさする一華を、夕侑は横目で盗み見た。胸がツキンと痛んで、それを誤魔化すように猫に視線を戻す。

「獅子族なのに、猫にアレルギーなんてあるのかな……」

「どうかしら」

少し気のない返事に、彼女がここ最近、結婚に前向きでなくなっているという話を思い出した。見れば、顔つきにも憂いが見え隠れしている。どんな心境の変化があったのかはわからないが、何かしらの迷いが生じているのかもしれない。

一華の考えを推し量ることは難しく、夕侑は案じながら子猫を撫でた。

彼女の子はいつごろ生まれてくるのだろう。冬ぐらいだろうか。けれどそれをたずねて、答えを聞くのはやはりつらかった。そのころには両家の結婚問題も何らかの決着がついているといいのだが。一華の隠しごとも、――と、考えて、夕侑の心にふと疑問がよぎった。

猫から顔をあげて、隣を見る。

「何？」

じっと見つめていたので、彼女が眉をよせた。

「……もしかして、一華さんは、今の獅旺さんと結婚しても、幸せになれないんじゃないですか？」

「え？」

頭に浮かんだ考えを、そのまま相手にぶつけてみる。

「この前、一華さんは言いましたよね。『彼は機械工学者になる夢を放り出して、喜んで経営者になろうとしている。自分だけ戦場を捨てて楽な道を選ぼうとしてる』って。だったらもう、同志じゃなくなっているじゃないですか。自ら進んで夢の方向転換をしているのだから、獅旺さんは苦しんでるわけじゃない。そんな人のそばにいても、苦しいのは一華さんだけでしょう?」

一華は、獅旺の苦しむ姿を見て、自分も頑張れると言っていた。ならば苦しんでいない獅旺は、支えにならないのではないか。

一華は夕侑の問いに、首を振った。

「そんなことないわ。獅旺があなたと別れて、私と結婚すれば、また同志に戻れるの」

「なぜですか」

「だって、獅旺が機械工学者になる夢を完全に捨てたのは、あなたのためだもの」

「……え?」

夕侑は目を見ひらいた。

「僕のため?」

「ええそうよ。知らなかった?」

大きく首を振って知らないと答える。一華は肩を竦めて子猫に視線を落とした。

「一年前、婚約解消を獅旺から知らされたとき、彼はあなたを手に入れるため、御木本グループを倍の大きさにするって父親と契約したと言ってたわ。この話は、知ってる?」

「ええ」

「そのとき私は倍だなんて絶対に無理だと笑ったの。けれど彼は真剣だった。そして、その責務を喜んで負うと言うの。……私は、機械工学者になる夢はどうするのと聞いたら、獅旺はにっこり微笑んで答えたわ。『それはもういいんだ。俺は、父を越える経営者を目指すことにした。夕侑を幸せにするために』ってね」

「…………」

呆然と、その言葉を聞く。

「僕を……？」

「そう」

夕侑は瞳を彷徨わせた。どうしていいかわからなかった。獅旺が自分を手に入れるために、なりたくなかった経営者に喜んでなろうとした。夢ももういらないと言った。

夕侑を幸せにするために。

「そんなことが……あったなんて」

愛情深い人だとわかってはいた。いつも夕侑のことを一番に考えて大切にしてくれた。何も心配するなと支え、自分と同じ量の愛情を返さない夕侑に焦れたりもして、けれど最後には、子供のほうを大事にして欲しいという身勝手な我が儘を受け入れてくれた。それ程、大きな愛で包んでくれていて――。

うなだれて、涙がにじむのをこらえることができずに唇を噛む。身体の中から、熱気をためた風船がぶわりと膨らむようだった。

彼のことが好きだ。どうしようもなく。

自分だって百パーセントの愛情を持っている。誰にも渡したくない。他の人と親しくされるのも嫌だ。四六時中一緒にいて心も身体も自分だけのものにしたい。

風船が弾け飛んで、本当の気持ちがあふれ出す。

強い独占欲に心臓が捻られるような思いだった。胸を押さえて、その苦しさに耐える。

どうしよう。熱情がすべての問題をなぎ倒して、ただ一直線に番の元へと走りたがっている。

「……こんな」

こんな強い気持ちが、自分の中に眠っていたとは。

動揺する夕侑に気づかぬ様子で、かたわらの一華が「あら？」とささやいた。

「一匹いないわ」

カゴの周囲に目をやって、子猫の姿を探す。

「え？」

夕侑は顔をあげた。

「黒猫のディディがいない。どこにいったのかしら」

激情の波を抑えるように息をつめれば、少し平静が戻ってくる。

「そう言えば、僕、さっき、カゴから出して一緒に遊んで……」

意識が迷子の猫に移って、夕侑は部屋を見渡した。けれど子猫の姿はどこにもない。

「猫ちゃん、出ていらっしゃい」

一華がローテーブルやベッドの下を探す。すると、窓の外でカラスの大きな鳴き声がした。カア、カアと甲高く鳴く攻撃的な声は、とても近くで聞こえる。

「もしかして」

さっき、掃き出し窓をあけたとき、外に出てしまったのか。夕侑は急いで立ちあがり、窓をあけた。

広いウッドデッキには、はしに観葉植物が並んでいる。そのひとつ、鉢の上にディディがいた。しかしすぐ近くの木に、カラスがとまっているのも目撃する。

「――あ」

追い払う暇もなかった。カラスは黒い羽根を大きく広げると、素早い動きで子猫に襲いかかった。

「ガアーーッ」

「ミャウッ」

ディディの金色のチャームがキラリと光る。それがあっという間に上空へと舞いあがる。

「一華さんっ、ディディがカラスに攫《さら》われた」

「何ですって」

夕侑が叫ぶと、一華が掃き出し窓まで走ってきた。そのころには、カラスは空の黒い点になっていた。

「あそこ、あれですっ」

「何てこと」

一華は怒りに獅子のオーラを発するとワンピースの前ボタンをビリリと引きちぎった。そして一気に雌獅子に変化して外に飛び出す。ひらりとベランダの手すりを乗り越え、木に飛び移り、そのまま石塀を風のようにジャンプして、瞬く間に夕侑の視界から消えた。

「…………」

残された夕侑は、あまりの俊敏な反応に呆然となった。

「すごい」

さすが獣人だ。いざというときの行動力はヒトとは全然違う。

「でも、大丈夫なのかな……」

オロオロしながら背伸びをして、一華が駆けていった先を見渡す。

けれど彼女なら、ちゃんと子猫を助けて戻ってきてくれる気がした。というか彼女に頼るほか方法はない。何もできない夕侑は塀の向こうを眺めて行方を案じた。

背後では子猫がミャアミャア鳴いている。その子らの世話をしながら、とにかく彼女が帰ってくるのを待とう、そう考えて窓をしめようとした。

「あ、服」

一華が脱ぎ捨てていった服が、ウッドデッキの床に投げ出されている。破れた黒いワンピースはくしゃくしゃに丸まっていた。

女性の服を勝手に拾っていいものかどうか迷って手を出しかねていると、服の隅がこんもり盛りあがっていることに気がつく。

夕侑は眉根をよせた。

不自然な膨らみは、薄い布地の下に何かが隠れていることを示している。まさかと思いつつ、呼び起こされた疑惑に引かれてゆっくりと服に近づいていき、はしを持ちあげる。

すると中から、ぽろりと思いがけないものが転がり出てきた。

＊　＊　＊

一華は三十分ほどして戻ってきた。ベランダから窓ガラスをコツンと叩かれ、猫の世話をしていた夕侑は顔をあげた。

獅子姿の一華が、口にディディを咥えている。

「あっ……」

無事な姿に安堵して、立ちあがると窓をあけた。雌獅子はゆっくり部屋に入ると子猫を床におろし、クローゼットに向かった。ヒトに戻って服を着るためだろう。夕侑は子猫を抱きあげて部屋から出た。

廊下で猫の身体に怪我はないか調べていると「入っていいわよ」と声がかかる。ミャアミャア元気一杯なディディを連れて部屋に戻れば、一華はTシャツとジーンズに着がえて部屋の真ん中に立っていた。身体にフィットした白のミニTシャツは、へそがちらりと見えている。

「あのカラス、近くの神社にディディを持ちこんで、そこで襲おうとしていたから追いかけて威嚇してやったわ。カラスはすぐ逃げたから助けられたの。大丈夫だと思うけどディディに怪我は？」

「ないようです」

「そう。ならよかった」

長い髪を払って、一仕事終えた顔の彼女に、もの問いたげな視線を投げつつ籐カゴまで進んでいく。ディディをカゴに入れて、その横においていたものを手に取った。

「あの……、一華さん」

「何？」

スマホを手に何かを打ちこんでいる彼女に、慎重に話かける。

「ちょっと待って。喉が渇いたから、家政婦さんに飲み物を持ってこさせ……」

彼女の瞳が、ちらとこちらに投げられる。そして夕侑が差し出したものを見て、目を剥いた。

「――」

きれいな顔が見る見る色をなくす。

夕侑が手にしていたのは、手のひら大のクッションと、弾けて破れた腹帯だった。

じっと動かなくなった一華に、冷静に問いかける。

「一華さんが、脱ぎ捨てた服から、出てきました」

まだ確信が持てなくて、探るようにゆっくりと伝えた。

ほんの少しの間、一華はどうしようかと考える素振りを見せた。何か言いたげにして言葉を探す仕草をする。けれどどうしようもないと諦めたのか、すっきりへこんだ下腹に手をあてて大きく深呼吸をした。

「そうよ。そういうこと」

ひらき直った態度で肯定する。

「……じゃあ」

夕侑の心臓が鼓動を早めた。

「ええ。子供はいないわ」

その瞬間、大きな安堵がほとんどショック状態で襲いかかる。息がとまり、目の前の景色が揺れた。目眩を覚えて膝から頽れそうになる。

「本当に……」

今まで自分を押さえこんでいた大きな重圧が一気に消えて、衝撃に心拍数があがった。

目の前の一華が、不貞腐れた表情で腕を組む。

「そう。残念なことにね」

子供はいない。いなかったのだ。最初から。

夕侑は胸を押さえた。事実が脳に沁みていくにつれ、安堵の代わりに今度は底知れぬ憤りが生まれてくる。

「何で……こんなこと」

「決まってるでしょ」

一華が決まり悪げに目をそらす。

「こんな稚拙なやり方で騙し通せると、本気で思ってたんですか？」

呆れも混ざって、口調が乱暴になった。

「あなたが獅旺と別れて、結婚さえできれば、後は何とかなると思ったのよ」

「何とかなるって、そんな簡単に」

「だってあなたがいなくなれば、獅旺は結婚を断る理由がなくなるじゃない。それに彼はいつだって、私が困ったときは助けてくれたのよ。母が死んだときもそうだった。だから今回も、絶対、そうしてくれるだろうって、昔みたいに、きっと助けてくれるって、そう考えたから」

まるで駄々っ子のように言い訳をする。その姿に夕侑はクッションを持った手をだらりとさげて、呆れ顔で首を振った。

「あり得ませんよ」

この感情を、どう言葉にしていいのかわからない。

「あり得ないです。こんな子供じみた行為。こんな身勝手な、無責任な嘘、大人がすることじゃない。皆がどれほど振り回されたか。僕がどれほど、悩んで、心配して……」

怒りで声が震える。

「いや、僕のことはいいです。それより獅旺さんや、あなたのお父さんや、御木本のご両親が、どれだけ、このことで迷惑を被ったか、苦しんだか、ちゃんと考えてみるべきです」

夕侑の言葉に、一華が神妙な様子になった。唇を引き結び、言われたことを噛みしめるように目を伏せる。

「子供がいるだなんて嘘をついて、だから結婚を迫るなんて、命を取引に使うのは、最低のやり方です」

「……わかってるわ」

絞り出すように呟いた。

「わかってる。最低のことしてるって。けど、他にどうやって自分を助けたらいいか、方法がわからなかったのよ」

一華も涙声になってきている。

「相談できる人なんて、誰ひとりいなかったんだから」

孤高の雌獅子は、心の内をさらけだすようにか細く呻いた。プライドの高さが枷になって身動きが取れなくなっている様は、ヒト族から見れば憐れみさえ呼び起こす。夕侑はそれ以上、彼女を糾弾することができなくなった。

そのとき、ローテーブルにおいた夕侑のスマホが着信を鳴らした。

軽快な呼び出し音が場にそぐわず、無視しようとしたが、硬直した空気を変えたくてテーブルに歩みよった。手に取ると、獅旺からのメッセージが表示されている。『発情?』とあったので『違います。けど、すぐにきてもらえませんか』と返信した。そして心拍数があがっただけで間髪を入れずに連絡してくる相手に、ふと笑みが浮かんだ。

こんなにも、自分のことを気にかけてくれる人は、この世界中探しても他にはいない。

夕侑のことを誰よりも大切にしてくれる運命の番。立場が違おうが、純血が途絶えようが、一華に子供がいようが、ただ夕侑だけを百パーセントの愛で守ってくれる獅子。

どうして迷ったりなんかしたんだろう。子供という憂いがなくなった今、彼の愛の深さが心に突き刺さる。

自分だって同じほどの想いがあった。けれど素直に応えられなかった。身の丈にあわない幸せに臆して、新しい一歩を踏み出す勇気を持てなかった。心の奥には、彼と同じくらい激しい想いがあったにもかかわらず。

いや、本心が明らかになった今ならわかる。本当は、彼女に子供がいようがいまいが、オメガ性の部分では、獅旺は自分だけのものだと理解していた。その強固な独占欲が運命の証――。

「獅旺さん……意気地なしで、ごめんなさい。けど、もう、迷ったりはしません」

スマホに向かってそう呟くと、夕侑は一華に向き直った。

「一華さん」

はっきりとした声で、彼女に伝える。

「僕は、獅旺さんを諦めません」

ひるむ一華に、堂々と告げた。

「何があっても、誰にも、あの人を渡したくない」

宣言すれば、身体中の血が流れを速くして体温をあげる。勇んだ気持ちが精神を奮い立たせ、新しい一歩を踏み出させた。

「だからあなたは、他の相手を見つけてください」

こんなに強く相手に迫るなんて、今までの自分からは考えられない。けれど獅旺を手に入れるためなら、何だって言ってやるという気になっていた。

「他の相手なんかいないんだってば」

一華が不貞腐れた口調で言い返してくる。しかしそれもう、怖くはなかった。

「だったらこれから探してください。獅旺さん以外の人を」

「そんな人がどこにいるっての？　私は自分より劣る相手には興味がないの。だから他の誰も、愛したことなんかない。私が愛してるのは、強く美しい雌獅子の自分だけなんだから」

完璧なプロポーションを見せつけるように胸を反らす。

「じゃあ、その愛する人を助けるために、戦うべきです」

勢いのついた口が、遠慮なしに言葉を投げつける。

「現状から逃げたりしないで」

夕侑の指摘に、相手の眉根がよった。

「一華さんが自分のことだけ愛してるのなら、自分を一番に大切にしてあげてください。傷つけたり、追いこんだりしないで、ストレスでたくさんの薬を飲むような状況にしないであげてください。愛してるのなら、苦しむ姿は見たくないでしょう」

言いながら、夕侑はすべての言葉が自分に跳ね返ってくるのを感じた。

自分だって戦わず現状から逃げて、一番好きな人を困らせた。彼女に偉そうなことは言えない。

「…………」

夕侑が黙ると、一華も黙りこんだ。

お互い目を伏せて、いっとき後悔の念にひたる。

「すみません。言いすぎました」

先に謝って、頭をさげた。それに一華が目をそらしたまま首を振った。

「……いえ。いいのよ」

親指の爪を唇にあてて考えこむと、小さく呟いた。

「あなたの言うことは、多分、あたってる……」

金茶色の瞳に、反省と傷心の色を浮かべて、それから少し淋しそうな顔になる。

「そうね……その通りだわ……」

愛しているのなら、相手を守るために戦うべきと、そのために強くならなければと、自分に言い聞かせている表情だった。

ふたりの会話が途切れている間に、籐カゴのディディが抱っこをせがむようにミャアミャアと鳴いた。

「……けど、皆に告白する勇気は、そんなに簡単には持てない。血が怖くて医者になりたくないなんて」

一華がディディを抱きあげて、小さな頭をそっと撫でる。

「弱い自分をさらけ出すのは、とても怖いわ。今までの自分を支えてきたプライドと責任を取り払ったとき、私はいったいどうなってしまうの？」

問いかける眼差しで夕侑を見てきたが、瞬時に答えることはできなかった。戸惑いつつ相手を見返す。

そのとき、重い空気を破るように、部屋のドアがノックされた。かるい響きにふたりとも扉を振り返る。

「入って」

答えを探す時間を得るためにか、一華が声をかけた。ドアが半分ひらいて、彼女の父親が顔を出す。

「やあ帰ってたんだね」

「あら、お父様。お帰りなさい」

一華が笑顔を取り繕って迎える。父親は夕侑を見つけて、おや、という顔をした。

「子猫の世話だね。いらっしゃい」

と声をかけ、また彼女に向き直った。

「お義父さんが見えている。一緒に夕食をとって、その後にまた話しあいをしたいそうだ」

「お祖父様が？」

一華はわずかに狼狽えた。夕侑に視線を移して、どうしようかという表情になる。夕侑は決断を促す励ましの目顔を返した。

「大谷くん、そういうわけで申し訳ないが、今夜は引き取っていただけるかな。うちの車で送らせるから」

「あ、はい。わかりました」

夕侑はうなずいて、そばにおいてあった自分のリュックを手にした。帰り支度をしている間に一華の父がスマホで運転手に連絡を入れる。それを見て、夕侑は獅旺にここにきてほしいとメッセージを送っていたことを思い出した。自分のスマホを取りだし、変更の連絡をしようとする。

そこに部屋のドアがいきなり大きくひらかれた。背広姿の老人が、ノックもなくずかずかと部屋に入ってくる。一華の祖父だった。

「一華はいるのかい？」

厳めしい顔に笑みを浮かべ、孫娘の私室に無遠慮に踏みこんできた老人は、彼女の隣にいる夕侑を発見して表情を変えた。

「む？」

いぶかしげに眉をひそめ、誰だったか記憶を探る顔になる。

「きみは……たしか、――ああ。そうだ、御木本の」

不愉快もあらわに聞いてきた。

「なぜ、ここにいる？」

夕侑は取りあえず頭をさげて挨拶をした。それに父親が横から答える。

「一華と彼が、野良猫を保護しまして。その世話を手伝いにきてくれているのです」

「婿くんには聞いておらん」

祖父は父親に対して突き放すように言った。

「野良猫の世話など、家政婦にやらせればいいだろう。一華、どうしてこの者を部屋になど入れた」

一華は答えの代わりに子猫を抱きしめた。

「まあ、ここにいるのなら丁度いいか」

顎を反らせ、こちらに冷淡な視線を向けてくる。

「きみには言いたいことがあったからな」

何を言われるのかと、夕侑は緊張した。

「名はたしか、大谷とか言ったはずだな。ヒト族のオメガで、出自は不明。ということは、どんな血が紛れこんでいるのかわからんわけだ。オメガ専用養護施設で育ち、獅旺くんとは王森学園で出会ったとか」

ジロジロと不躾な目で眺め回し、見下すような台詞を投げてくる。

「そんな身分で、よくもまあ御木本の御曹司と番えたものだ。感心するな」

皮肉っぽく嘲笑われ、夕侑は唇を噛みしめた。

「運命の番か何か知らんが、そんな曖昧なもので玉の輿に乗れるなどと、思いあがらんほうがいい。獅子の血統は、その家で代々守られてきた大切な財産だ。きみらのような雑多な血で構成された人間が、簡単にその恩恵を受けられるようなものではない。いいかね、そのことをよく考えてみたまえ」

祖父は至極当然のことを言っているとばかりに説いてくる。黙ったままでいる夕侑に、さらに追い打ちをかけるように言った。

「今回の番契約を、御木本家は破棄すべきと私は思っている」

そして少し口のトーンを変えて、薄笑いで告げた。

「だがもし、きみのほうから契約破棄を申し出るのなら、諫早家としても、きみに少しばかりは包んでやってもいい」

弾かれたように夕侑が顔をあげる。一華も、彼女の父親も顔色を変えた。

「お義父さん、それは、ちょっと……」

横から口を挟む父親を、祖父は無視した。

「どうかね。今後ひとりで生きていくためにも金は必要だろう。獅旺くんのような立派なアルファ獅子には、うちの一華のような娘が相応しいのだ」

威圧的な態度でこちらを睨んでくる。夕侑は祖父を見つめ返した。傲慢なエリート意識に満ちた老獅子に、けれどひるむ気持ちはもうなかった。

「僕と獅旺さんが、番契約をどうするのか、それは僕たちの問題で、他人が介入できるものではありません。ましてや金銭で契約が解除されるなど、そんなことは絶対に起こりえません」

自分でも驚くほどはっきりとした口調だった。

「獅旺さんは、純血にはこだわらないと言ってくれました。だから、僕も、獅旺さんと別れるつもりはないです」

きっぱりと言い切ると、相手の表情が目に見えて変化する。背後に獅子のオーラが燃え立ち、瞳が鈍い金色に光った。

「何という生意気な口を」

声音に獣の唸りが混ざる。

「たかが雑種のオメガが、名家のアルファ獅子にそんな口のきき方をして、許されると思うのか」

薄くひらいた口から牙が顔をのぞかせた。獣じみた怒りの形相に、夕侑が息を呑む。

「御木本の長男と別れるのだ」

老人と獅子の影が揺れながら交差する。これ以上怒らせれば、獣化して襲ってきそうな雰囲気だ。獅子族アルファに対するトラウマがよみがえり、全身が硬直する。

けれど夕侑は、その恐怖を振り切って拒否をした。

「嫌です。別れません」

震える声で言い返す。

「あの人は僕の大切な番です。何があっても絶対に諦めたくない」

「こざかしい奴め」

老人が大きく口をあけて、威嚇の牙を剥いた。同時に耳をつんざくような咆吼が部屋に響く。瞬間、襲いかかってきたのは、現実の獅子かそれとも幻影か。

疾風のように迫りくる獣の影に、身を竦めた刹那、目の前に何かが立ちはだかった。大きな壁がいきなりあらわれて、老獅子の攻撃を弾き飛ばす。

驚きに目を見はれば、それは獅旺の背中だった。

「…………」

夕侑を守るように立つ相手を、呆然と見あげる。

「……獅旺さん」

獅旺は両腕を広げ、目の前の老人を睨みつけた。

「いったい、何をされているのですか」

若い獅子の影が獅旺から昇り立つ。雄々しい獣が今にも反撃しそうな様子を見せると、その気迫に老獅子のオーラがしぼんでいった。

「私の番に、どうしてこんなことをするんですか。彼を傷つけようとするのなら、たとえ諫早の当主であろうと、許しはしませんよ」

鼻に皺をよせ、金色の瞳を光らせる獅旺に、一華の祖父が一歩さがる。そうしながらも尊大な態度は崩さずに言い放った。

「その者に教えていたのだ。身分不相応な望みは捨てて、身の丈にあった生活を送るようにと」

「それはどういうことですか。私の番を脅していたのですか」

「諭していたのだ。何もわかっていないようだったのでな」

「わかっていらっしゃらないのは、あなたのほうではないのですか」

獅旺は自分よりずっと年上の相手にも、まったく物怖じしない言い方をした。それに祖父の口元がかるく引きつる。

「ずいぶんと立派な口をきくようになったものだな」

「大切な番を守るためですから」

「きみが守るべきは、その男ではないだろう。一華はきみの子を宿しているのだぞ。そんな男の心配をするくらいなら、一華の心配をしたらどうなんだね」

祖父は人差し指を突きつけて獅旺を怒鳴りつけた。

「純血の獅子の血を絶やさぬようにするためには、一華を選ぶべきなんじゃないのか。御木本に獅子の誇りはないのか。きみのために、うちの一華は幼いころからずっと――」

「やめてください、お祖父様」

悲痛な叫びが響き渡った。

「もうやめてください。子供はいません」

一華が放った言葉に、皆が彼女を振り返る。その視線を浴びながら、一華は蒼白な顔で祖父に告げた。

「最初から、いなかったんです」

祖父が目を眇める。

「どういうことだ」

獅旺と父親も、いぶかる眼差しを彼女に向けた。

「子供は、……いないと?」

確認を取る祖父に、一華はおずおずとうなずいた。

「はい」

「嘘をついていたのか」

「そうです。全部、嘘です」

「何故そんなことを」

孫娘の告白が信じられないという顔で問いつめる。

一華はどう答えようかという顔で、夕侑のほうにチラと視線を投げてきた。迷いを浮かべた表情に、夕侑も真摯な眼差しを返す。すると彼女は考える顔になって、いっとき唇を噛みしめた。目をとじて、ひとつ深呼吸する。

それから意を決したように口をひらいた。

「……医者に、なりたく、ないの」

「何？」

驚きの声を祖父があげる。

「医者になりたくなくて、けど、言えなくて、……それで、獅旺を利用しようとしたの」

夕侑以外の三人が、訳がわからないという様相になった。

一華の父親が横から聞いてくる。

「……医者が嫌で、獅旺くんを利用？　どういうことだい」

「それは、色々と、こみ入った理由があって。とにかく、私は、医者になるのが嫌なの」

「なぜだ？」

祖父が問う。一華は瞳を伏せて、考えながら小声で言った。

「他に、……なりたい、ものが、あるから……」

「何になりたいんだ」

「それは言えません」

「言えないような職業なのか」

「それだけじゃないんです。医者になれない理由は他にもあって。けど、それも……言えない……」

尻すぼみになった説明に、祖父と父親が唖然となる。

「はっきり言えないのなら、許すわけにはいかんぞ」

祖父が声高に詰問し、一華に近づこうとした。彼女が抱きしめていた子猫が、抗うように「ニャアッ」と鳴く。

「——血が、怖いんです」

子猫を守るようにして、一華が訴えた。

「血が苦手なんです。だから、医者にはなりたくない」

「……何」

祖父が金茶色の目を丸くする。

「獅子のくせに、血が怖いだと?」

「ええ。そうです。ずっと、そうだったんです」

「諫早の獅子に、そんな奇っ怪な者は、ひとりもおらんぞ」

吐き捨てるように言われ、彼女がひどく動揺した。

それを見た父親が一華に歩みよる。猫を抱えた肩に手をおくと、静かにたずねた。

「一華、それは本当なのか」

「……お父様」

「血が怖いだなんて、それで大学の実習はどうしてたんだい」

「事前に、……向精神薬を飲んで、あとは何とか気力で我慢して乗り越えてたわ」

「向精神薬を」

父親は難しい顔になり、それから別のことを聞いた。

「妊娠の診断書とエコー写真はどうしたんだ。弁護士に提出しただろう」

それに彼女の顔が強張る。唇を引き結び、額に汗を浮かべた。

「…………」

「まさか、偽造したんじゃないだろうね」

答えられない一華に、祖父が叱る。

「何てことをしでかしたんだ！」

父親は祖父の怒りを聞き流し、彼女にたずねた。

「誰が作成したんだい。自分で作ったのか？」

一華が震えるようにうなずく。

「……そうか」

ひどく真剣な表情で父親も顎を引いた。

「それほどまでに、思いつめていたのだな。気づいてやれなくてすまなかった」

父親の謝罪に、一華が潤んだ瞳を向ける。

「ごめんなさい」

娘の言葉に、父親は仕方なさそうな笑みを浮かべた。そして祖父に向き直る。

「お義父さん、こんな重大な間違いを犯してしまっては、もはやこの子を医者にすることなどできません。一華には医師になる資格はない」

「お父様」

「この子は、医者にはさせません」

目をみはる一華の前で、祖父が怒り心頭という形相になった。

「何を勝手なことを言い出す。儂は許さんぞ」

「一華の将来は、一華自身に決めさせます」

「婿くんは黙っておれ」

「いいえ。いつもは黙っていますが、今日だけは言わせてください」

「むぅ」

「私は父親ですから、娘のしたことに対して責任があります。そして本人がなりたくないと言うのなら、私は、諫早家が代々受け継いできた職よりも、一華の望みを優先します」

祖父がこめかみに青筋を立てて顔を赤くした。しかし彼以外の全員は冷静な顔つきで、父親に異を唱える者はひとりもいなかった。

「むぅぅ……」

拳を握りしめて低く唸ると、祖父は少し理性を取り戻した様子になって、苦く一言呟いた。

「……話しあおう。結論はそれからだ」

精一杯の譲歩を見せて、踵を返すと、足早に部屋を出ていった。

＊　＊　＊

祖父がいなくなると、残された四人は顔を見あわせた。

獅旺は何が何だかよくわからないといった表情を浮かべている。夕侑と一華は安堵の視線を交わしあった。

「お義父さんは、私が後でいって宥めておくから、心配しなくていい。落ち着いたら、またゆっくり話しあおう」

父親が一華を励ます。それに彼女がうなずいた。

「何があったのか、そのときにきちんと話をするんだよ」

「わかりました」

父親は次に、獅旺に謝罪した。

「獅旺くん、今回のことでは、娘が大いに迷惑をかけてしまい、大変申し訳なかった。御木本家には、こちらで話しあいが解決し次第、改めてお詫びにうかがいたい。今夜にでもご両親には連絡させていただく」

「はい」

獅旺も誠実な顔で答える。

「一華、ふたりに迷惑をかけたことを謝りなさい。そしてもう二度とこんなことをしてはいけない」

一華は夕侑と獅旺に向き直ると、丁寧に頭をさげた。

「ごめんなさい。色々と、迷惑をかけてしまって。お騒がせしたことを謝罪します」

深々とお辞儀をし、反省した表情で告げる。心からの言葉であることが十分に伝わってきたので、夕侑も獅旺も黙って受け入れた。

「それから大谷くん」

父親が夕侑に顔を向ける。

「はい」

「義父がきみにしたことを、諫早家の者として、謝罪させていただく。あんなこと、絶対に言うべきではなかった。とめられなかった私も同罪だ」

夕侑は目をみはった。

「義父自身からの直接の謝罪は難しいかも知れない。だが諫早の人間すべてが同じ選民思想を持っているわけではないことを、わかってもらえれば」

苦渋の表情になった父親に、大きくうなずく。

「わかりました」

真摯に答えれば、父親も安心した顔になった。そして再度、娘の顔を見すえて、励ますように言う。

「一華、覚えておいて欲しい。私はお前の味方だ。諫早家は百五十年前から医師の家柄だが、その前は何の仕事をしていたのか、私も知らない。だから、しょせんその程度のことなんだ」

「お父様」

「では、わたしは義父を追いかけるよ」

父親は三人に挨拶をすると、部屋を出ていった。

パタンとドアがしまると、子猫が音に反応してミャゥと鳴く。一華は手のひらに猫がいることを思い出した顔で、慌ててディディを抱き直した。

「とにかく解決はしたらしいが、俺にはまだ何が起きたのかよくわからん」

獅旺が眉をよせて彼女に聞く。

「俺の子供は、いなかったのか?」

一華は籐カゴまで歩いていき、しゃがんで子猫を中に入れた。

「ええ。そうよ」

「けれど、お前は凍結精子を持ち出しただろ。あれはどうしたんだ?」

子猫の頭を撫でながら一華が説明する。

「クリニックにラッコ族のとても小心な医師がいたの。彼に頼みこんで協力してもらい、人工授精を手伝ってもらおうと計画したのよ。けれど、彼ったら凍結精子を目の前にしたとたん、急に怖じ気づいてしまって。解凍の温度設定を見誤って、精子をダメにしちゃったのよ」

「ということは……」

「そう。処置はしていないの。できなかった」

「精子は?」

「破棄したわ」

その言葉に、獅旺が大きく息をつく。

「小心者のラッコに感謝だな」

夕侑も話を聞いて、本当に子供はいないのだと改めて安堵した。しかしすべてが嘘というわけではなく、当初は本気で子供を作るつもりだったのだ。それにはいささか肝が冷える。もう同じような思いはしたくない。彼女が心を入れ替えてくれて本当によかった。

「その医師とも連絡は取れているんだよな、たしか」

「ええ。数日中に会う予定だったわ」

「じゃあ、詳細はそのときだ」

獅旺が腕を組んで念を押す。

「子供がいないのなら、結婚話は打ち切りだな」

「ええ。それでいいわ」

あっさりと了解する一華に、獅旺が不思議そうに首を傾げた。

「お前、なんでこのタイミングで、事実を明かしたんだ? まさか諫早氏に叱られていた俺を助けるためじゃないよな」

「違うわ」

「なら、今までひた隠しにしてきた嘘の妊娠を、急に素直になって告白したのは、どういう心境の変化なんだよ」

猫を撫でていた一華は肩を竦めた。

「好きな人を守るために、勇気を出そうと思ったのよ」

その答えは、獅旺には意味不明だったらしい。眉をよせて不審な表情になり、低く聞いた。

「それは夕侑のことか」

「違います」

「違うわよ」

夕侑と一華が声を揃える。ふたりの即答に、獅旺も納得して「そうか。ならいいが」とすぐに引きさがった。

「夕侑以外だったら、誰とつきあおうと好きにすればいい。それより、さっき言っていたが、医者になりたくないのは、血が怖いからってのは本当なのか？」

遠慮のない言い方で、相手の一番弱いところを口にする。一華はちょっと眉をひそめ、けれども隠しようがないと観念しているのか、あっさりと白状した。

「そうよ。私は血を見ると気分が悪くなるの。匂いだけでもダメ」

「いつから？」

「ずっと昔から」

「だから肉が食えなかったのか。俺はてっきり、スタイル維持のためとばかり」

「誰にもバレないように細心の注意を払ってたもの」

「そのせいで、医者になりたくないと……」

「そういうこと」

「けど、それがなぜ、俺との結婚につながる?」

質問を重ねる獅旺に、一華がうんざりした顔を向ける。

「もう、説明するのは面倒だわ。あとは夕侑さんに聞いて」

「夕侑に?」

獅旺がこちらを振り返った。

「なんで夕侑が知ってるんだ」

「えっ」

矛先が自分に向いてビックリする。

「そ、それは」

いきなりの質問に、しどろもどろになった。

「ここに通ううちに、色々と話をするようになって、それで……いつの間にか、そうなって」

「俺の知らない間に、ずいぶんと仲よくなったんだな」

驚きつつ、いぶかしげな顔になる。

「いえ、仲よくというわけでは」

「事情を知ってるのは夕侑だけか?」

矢継ぎ早の質問に、戸惑いながらも正直に答えた。

「そうです」

「なるほど」

ほんの少しだけ、獅旺の瞳から寛容さが消えた気がした。

「じゃあそれは、後でゆっくり教えてもらおう。で、一華が好きなのは本当に夕侑じゃないんだな?」

しつこく確認する獅旺に、一華がため息をつく。

「もう。面倒な獅子ね。私が好きなのは、私自身なの。いつもそう言ってきたでしょ。私は、自分の未来を守るために、隠しごとはもうやめようって決めたの」

すっくと立ちあがって獅旺に言った。

「それを教えてくれたのが、夕侑さんだったのよ。だから、……あなたには感謝してるわ」

一華が夕侑のほうを向いて礼を言う。今までとは打って変わってしおらしくなった態度に、夕侑はいささか驚きつつ返事をした。

「事態がよくなること、願ってます」

「ありがとう」

素直になった一華が微笑んだ。

ふたりの間の空気が和やかになっていることにまだ解せない獅旺が、首を捻りつつも、円満解決には安心する様子を見せる。

「とにかく、結婚問題が解決してくれてよかったよ」

一華が深呼吸をして、気持ちを入れ替えるように背伸びをした。

「じゃあ、お祖父様に、これからのことを話しにいかなくちゃいけないわ」

「なら俺たちも帰るか」

獅旺が夕侑に声をかける。

「はい」

夕侑は放り出していたリュックを背負った。

「子猫たちはリビングに連れていこうかしら」

一華が籐カゴに手を伸ばす。それを夕侑が手伝おうとしたところに、獅旺が「なあ」とついでのように声をかけた。

「一華、お前さっき、医者じゃなくて、他になりたいものがあるって言ったよな」

「ええ」

一華が顔をあげる。

「それは何なんだ」

「内緒よ」

彼女は相手にせず、カゴを持ちあげようとした。

「ふうん」

獅旺は一言呟くと、いきなり部屋を横切って、ずかずかと壁に向かっていった。

「え？」

一華と夕侑が驚く。その目の前で、隠し扉の前にあった洋服かけをどかし、許しもなく一気にひらいた。

「ちょっ……」

大慌てで彼女が走りよる。しかし間にあわず扉は全開になった。

「なにするのよぉっ」

獅旺が勝手に小部屋に入り、壁際にあったスイッチを押す。

すると、中が明るくなって、同時に不思議な夢の世界があらわれた。

「…………えっ」

ピンク、ブルー、イエローのパステルカラーに彩られた、ふわふわもこもこした物体が、目に飛びこんでくる。よく見るとそれは、ぬいぐるみの集団だった。大小様々な動物のぬいぐるみが所狭しと並べられ、どれも可愛いらしいドレスを着ている。レースや刺繍がふんだんに盛られた服は少女趣味全開だ。すべてハンドメイドらしく、壁に取りつけられた棚には、綿やフェルト、そして布地と小物が大量に積まれ、ミシンも三台あった。

「なるほど」

獅旺が口角をあげる。一華は真っ青になった。

「やめて見ないで」

獅旺の服を引っ張って部屋から追い出そうとするが、力が入らないのかびくともしない。

「この前、扉をあけようとしたとき、ほんの少しだけ中が見えたんだ。すぐにとじられたから見間違いかと思ったが、どうやらそうじゃなかったようだな」

夕侑もビックリしながら中をのぞいた。

「……すごい。こんなにたくさん」

どれも素人が作ったとは思えない完成度の高い作品ばかりだ。

「これ、お前が作ったのか？」

獅旺の問いに、彼女が黙りこむ。

「もしかして、以前言っていた、一華さんのやりたいことって、これだったんですか？」

一華は涙目になって口をへの字にした。

「そうよ……悪かったわね」

「いえ。悪いなんて一言も言ってません」

むしろ誇っていいのではないか。

「どうして隠してたんだ」

獅旺も驚きつつ部屋を見渡す。

「だって、私のイメージじゃないじゃない。こんなの」

いつもスタイリッシュな黒い服で、ツンとすまして歩く彼女の趣味とは、たしかにかけ離れているかもしれない。

「でも、とても素敵です。こんなに手のこんだぬいぐるみや服は、見たことないです。――あ、もしかして」

夕侑はハッと思い出した。

「子猫たちのリボンも、一華さんが作ったんですか」

家政婦が作ったと言っていたが、本当は彼女の手作りだったのではないか。

「……ええ。そうよ」

不貞腐れた表情で肯定する。

「そうだったんですね。あのリボンもすごく可愛かったです。子猫たちみんなにとても似合ってて」

「……そぉ」

ほめたたえる夕侑に、一華も眉をあげた。

「まあ、あれくらい大した作業じゃなかったけれど」

取り澄ました顔になってかるく流す姿に、夕侑は獅旺と目を見あわせた。

「いつからこんなに作ってたんだ。全然知らなかったぞ」

「子供のころからよ」

「誰か、このことを知ってる人はいるのか」

「いるわけないでしょ。秘密の趣味だったんだから。この部屋に他人がきたのだって、あなたたちが初めてなのよ」

夕侑は芸術的なふわもこの集団に感動した。

「素晴らしい才能だと思います。これが一華さんのしたいことなら、隠す必要なんて全然ないと、立派な夢だと僕は思います」

力説する夕侑に、獅旺も同意する。

「そうだな。お前はイメージじゃないっていうけれど、俺もそんなことはないと思う」

並んでいたぬいぐるみをひとつ手に取って、それを一華に放り投げた。ぽすんとキャッチした彼女の頬が、みるみる赤くなる。

「ほら、鏡を見てみろよ」

獅旺が部屋のすみに立てかけてあった鏡を指差す。一華がそちらを振り返った。自分の姿を確認して、胡乱な目でまじまじと上から下まで眺め回す。

「なかなか似合ってるじゃないか」

獅旺がニヤリと笑ってほめる。

「とても素敵です」

夕侑も大きくうなずいた。

一華が顎を持ちあげ、肩をそびやかす。

「……そぉ？」

気取った態度でポーズを取る顔つきは、まんざらでもなさそうな様子になっている。

それに夕侑も獅旺も、少し笑いそうになってしまった。

第五章

一華の家を辞したふたりは車で自宅に戻った。

途中、デリによって夕食を買いこむ。お互い空腹だったので、グリルチキンやサラダ、パンにスープとたくさん購入して帰宅した。それを食べながら、夕侑は何が起きていたのかを説明した。

「なるほど。つまり一華は、俺と結婚して、俺がやりたくもない仕事で苦労するのを見て、自分のストレスを発散しようとしていたわけだな」

「かいつまむとそうなりますか」

夕侑はなるべく彼女のプライドを傷つけないよう気を遣って話したのだが、獅旺は的確に核心を突いた。

「まあそんなことだろうとは思っていた」

ローストビーフの乗ったサラダを頬張りながら、獅旺が納得する。

「最初からどこか変な気がしてたんだ。あいつが俺との結婚にこだわる理由が愛情とは考えられなかったし」

「僕は愛情とばかり思っていました」

「そんなわけがない。俺に対する態度を見ていてわかったろ。結局最後まで下僕扱いだ。それでも秘密を暴いてやったんだから、これで少しは仕返しができたがな」

片頬をあげてしてやったりという顔で笑う。夕侑も微笑み返した。

「一華さんがストレスなく生きていくことができるようになるといいですね」

「諌早の爺さんは頑固だから、説得するのは苦労するだろう。けど、一華の父親もついている。きっとうまくおさまる」

「そう願ってます」

アボガドの冷製スープを手に、大きな嵐が去ったことを実感する。

ようやく穏やかに話をすることができるようになって、夕侑はホッと安堵の息をついた。

＊　＊　＊

食事の後、寝室のクローゼットをあけながら、夕侑は身体が少し熱くて怠いことに気がついた。

「……発情？」

数日前、中途半端に終わった発情がぶり返したのかも知れない。風呂に入るための着がえを取り出し、いったんベッドに腰かける。横においてあったアシカのぬいぐるみを引きよせて、そっと抱きしめた。

獅旺は今、リビングで父親と電話をしていた。諌早家での出来事を伝え、これからどうするかを話しあっているのだろう。

それが終われば、順番にシャワーを浴びて、ベッドに入って。

「…………」

胸にじんわりと、何ともいえない甘い感情がわいてくる。ずっと押さえこんでいた想いが解放されて、今夜は少し心が浮き立っていた。それに発情も重なって、身体がそわそわする。

早く彼とくっつきたい。手足を絡めあって、ギュッと抱きあいたい。首筋の弱いところを、鼻先でくすぐってもらいたい。

愛する番の代わりにアシカを抱きしめ、ひとりで顔を赤くする。そうしていたらドアがあいて、本人が部屋に入ってきた。

「どうした？　もう風呂に入ってるのかと思ったぞ」

ベッドでアシカの頭に顎をすりつけている夕侑を見つけて声をかける。それからクローゼットに向かった。

「そのアシカ、そんなに気に入ったのか」

夕侑の気持ちに気づかぬ様子で、チェストをあけて着がえを探す。その後ろ姿にそっと近づいていった。

大きなTシャツのはしを掴み、かるく引っ張る。

「うん？」

気づいた獅旺が振り返った。

「何だ？」

夕侑は視線をそらせたまま、ポソリと呟いた。

「お風呂、入ろうかと、思って」

「ああ。先に入れ」

獅旺はいつも夕侑を先に入れる。一緒に入るのは夕侑が恥ずかしがるので、発情期以外は別々だ。

けれど、今日は。

ちょっとだけ発情がきてるから。

「……一緒に」

入りたい。消え入りそうな小声でささやくと、聞こえていなかったのか、獅旺が顔をよせてきた。

「何？」

そして鼻をクンと鳴らす。

「発情か」

「少し」

「そうだな。けどまだ兆候だけだ」

発情期の匂いの濃さまで把握し始めている番が、正確に判断する。

「それで、何だ？」

さっきの言葉を確認するようにたずねてきた。

「だから、お風呂は一緒に」

自分から誘いをかけるなんて、何て大胆なことをしているんだろう。けれどこれは、オメガ性のせいで。

「………入りたいんです」

相手の動きが、ひたととまった。

「いいのか」

声のトーンが一気に低くなる。響きに甘さが加わって、背筋にゾクリときた。頬に熱がのぼるのを感じつつ、コクリとうなずく。すると腕をいきなり掴まれた。

「じゃあ、気が変わらないうちに早く風呂にいこう」

喋りながら、夕侑を洗面所まで引っ張っていく。

「……し、獅旺さん」

浴室の前にくると、獅旺は自分の服を手早く脱いで、それから夕侑が脱ぐのを手伝った。行動が早いのはいつものことだ。

「風呂の中で発情がくるのを待つか」

「はい」

まず一緒にシャワーを浴びて、かるく汗を流した。それからスポンジを手に泡だらけになりながら、互いの身体を洗いあう。まだ官能的な雰囲気にはなってなくて、じゃれあって楽しむだけのような感覚だ。

「くすぐったいです」

「どこが」

「脇腹が……あっ」

「ここか」

「そこはダメです」

「じゃあこっちはどうだ」

「そこも、ダメ」

「全部じゃないか」

優しくこすられて笑みがこぼれる。泡を飛ばしてきれいにした後は、髪を洗い、それからバスタブに湯を張って中に浸かった。

獅旺が夕侑を背後から抱きかかえる形で、並んで湯船に座る。相手の肩に頭をあずけて、逞しい腕に包まれると、心地よさにため息がもれた。こんな風にゆったりふたりで湯に浸かるのは初めてだ。

湯の中で、夕侑の手を獅旺が撫でて遊ぶ。指を一本一本たしかめるように輪郭を辿り、手のひらを親指でかるくもむ。

ときおりぽちゃんと水音が響く中、耳元で優しい声がした。

「諫早氏に、俺とは別れない、って言っただろ」

「え?」

夕侑は顔を相手に向けた。

「さっき、一華の部屋で。あの爺さんに真っ向から立ち向かっていっただろう」

「……あ」

先刻の大胆な行動を思い出し、ちょっと恥ずかしくなる。

「聞いてたんですか」

「俺が彼女の部屋にいったとき、ちょうど話してる最中だったんだ。『あの人は僕の大切な番です。何があっても絶対に諦めたくない』とはっきり言うのを聞いた」

照れて俯いた夕侑に獅旺がふっと笑う。

「嬉しかった」

「……え」

「お前があんな強気に出て、俺との関係を守ろうとするのを初めて見たから」

ギュッと抱きしめられて、頬が熱くなった。

「何がお前を変えたんだ？　以前は獅子を怖がって、御木本家に入る話にも用心深くなっていたのに」

夕侑は揺れる湯を見ながら、心の内を打ち明けた。

「獅旺さんのことが、すごく、すごく好き、という気持ちに気づいて、それが、心を縛りつけていた枷を弾き飛ばしたんです」

大きな手が、夕侑の手のひらを包みこんでいる。やんわりとこすられて、水が流れるように言葉が出てきた。

「獅旺さんが僕のことを何より大切にしてくれているのを、今までわかっていて、けれど、僕は勇気がなくて、それにちゃんと応えられていなくて。でも、今回のことがあって、やっと、……一番大事にしなきゃならないのは、獅旺さんと自分の気持ちなんだと気づいたんです」

話しているうちに、身体の奥から恋心なのか発情なのかわからない感覚がやってくる。甘くて愛おしくて、そして切ない熱がじんわりと全身をおおっていく。

「意気地のない自分は卒業しなくちゃって、だって、本心では僕だって獅旺さんのことが百パーセント好きだし、独占欲だってあるし、……これからもずっとそばに、いたいし」

黙って聞いていた獅旺が、ぽつりと答える。

「そうか」

うなじに温かなものが触れて、それが相手の唇だとわかった。優しい唇はそっと動いて、運命の証である噛み跡をたどった。

「自分できちんと迷いを吹っ切ったんだな」

首筋に口づけて、耳の後ろにも食むようにキスをする。気持ちよくてぞくりと鳥肌が立った。

「……獅旺さんが、いつも見守ってくれてるから……。前に進む一歩が、踏み出せた……んです」

「そうか」

後ろからギュッと抱きしめられ、顔をあげると唇を重ねられる。互いの濡れた唇が、相手を求めるように何度も強くあわさった。合間に舌が触れあい、舌先を舐められると、背筋から尾てい骨までぞわりとした感覚が落ちた。

「……ん」

「匂いが濃くなってきたな」

獅旺が鼻先を夕侑の頬や耳の下にあてる。

「ここじゃ狭い。そろそろベッドにいくぞ」

「あ……はい」

風呂から出て、湯のしたたる髪と身体をバスタオルで拭きあった。

「先に寝室にいってろ。俺は水を持っていく。今夜は暑いから、途中で脱水症状になるといけない」

「はい」

バスタオルを肩にかけて、全裸のまま寝室に向かう。寝室はエアコンが効いていて気持ちがよかった。ベッドの上に放り出してあったアシカを抱えて上がけをまくる。シーツに腰かけるとひんやりした感触が肌を心地よく冷ました。しばらくすると片手に二リットルのペットボトルを二本抱えた獅旺がやってくる。ベッド脇のサイドテーブルにそれをおくと夕侑を見てニヤリと笑った。

「一華よりもぬいぐるみが似合ってるな」

「え」

しかし、なぜかアシカを取りあげてしまう。

「けれどふたりの時間にこいつは邪魔だ」

そう言うとクローゼットに向かい、中にポイと放りこんで扉をしめた。呆気に取られた夕侑の横にやってきて腰かけ、顔をよせる。

「やっと安心して独り占めできるな」

かるくキスをしながらささやく。

「ん……」

ゆっくりと押し倒されて、夕侑も相手の首に両手を回した。もつれあいながらシーツに横たわると、大きな手で胸や腹をまさぐられる。すると、すぐに欲望のボルテージがあがった。身体の奥で発情が解放されていくのが感じられる。自分で制御できる感覚ではなかったが、獅旺の手に触発されて、一気に欲がたかまった。

「……ぁ」

まるで情熱のアンテナのように、身体の中心にある象徴が跳ねあがる。ビクンと波打ってあっという間に成長すると、相手の下腹を押しあげた。

獅旺が性急な反応に口元を持ちあげる。そして腰を動かすと、自分もそうだというように硬くなった雄を夕侑の腿にすりつけた。

「……は……っ」

快感を予期して、中心が甘く痺れる。夕侑が唇を引き結べば、そんな表情を楽しむように、とじた唇をゆるゆると舌先で辿られた。

獅旺の舌が、夕侑をもっと困らせようと耳の下に移動していく。吐息と共にくすぐったいキスをされて、快楽が下肢へと響いていった。

発情期になると皮膚が敏感になって、触れられるだけで悪寒が走るように気持ちよくなる。獅旺の手が肌を撫でるだけで、もっとして欲しくてたまらなくなってしまう。

「ん……ぁ」

夕侑の声が甘くなるのを聞いて、相手の身体にも力が入った。手の動きがいささか乱暴になり、アルファフェロモンが濃く匂うようになる。それを胸いっぱいに吸いこんで、オメガフェロモンを吐き出した。

互いに両手足を絡めあわせて皮膚を重ね、ひとつの生き物のように肉体をうねらせる。獅旺が夕侑の頬や顎にもキスをして、いきり立った自身を切なげに股間によせてきた。挿れたくてたまらないといった行動に、胸がジンジンと疼く。

「して」

自然と願う言葉がもれる。訴えたのは自分かオメガの分身か。

「どうして欲しいんだ」

かすれ声で獅旺が問う。夕侑は答えの代わりに足をひらいた。グッと腰を持ちあげて、ここにというように相手の性器を誘う。噤んだ場所はもう濡れ始めている。すぐに挿入されても怖くなかった。

「もう?」

発情はまだピークに達していない。急いで求められる理由が獅旺はわからないようだ。けれど、夕侑は欲しくてしょうがない。はやくひとつになって彼を独り占めしたかった。

「ん」

小さくうなずくと、凜々しい目元がやわらかくなる。淡い笑みには愛情があふれていた。

「わかった」

すぐに夕侑の足のつけ根を掴んで自身を奥へと進めてくる。潤んだ後孔は迎え入れるために自ら相手に近づいていった。

互いの弱い場所が触れあった瞬間、それだけで嬉しくて鼓動が早くなる。獅旺の肩にキュッと指を食いこませると、その仕草に相手が薄く笑った。

「今やるから」

太くて熱いアルファの証が、自分の中にやってくる。ねっとりと頭を食いこませ、それから胴体で粘膜をこすりあげる。すると震えるような気持ちよさが下肢を襲った。

「……はぅ」

条件反射で、内腿が微細にわななく。獅旺のすべてがおさまるまで夕侑は相手にすがりついていた。太い肉茎は瘤の手前まで挿入されて、最後にぐいと根元を押しつけてから動きをとめた。

「……っは……ッ」

獅旺が夕侑の顔の横に手をついて、荒々しく喘ぐ。栗色の髪は乱れ、伏せた瞳では睫が小刻みに揺れていた。口のはしには苦しげな笑みが浮かんでいる。

「熱くて蕩けそうだ」

「痛い？」

「いや……お前は？」

夕侑は首を振った。

「気持ちいい」

獅旺の笑みが深くなる。顔を近づけてくると、夕侑の額や頬に口づけを何度も落とした。それから下肢に手を伸ばす。屹立したまま涙を流す夕侑のものを掴んで扱こうとした。

「しないで」

そっと拒否すると、不思議そうな顔をされる。

「しなくて、いいから、そのまま、きて……」

手に力をこめて引きよせるようにすると、いぶかしげな表情のままで、それでも素直に従う。

獅旺は夕侑に奉仕を禁止した。けれど夕侑は、相手に何かをしてあげたくてたまらなかった。獅旺が喜ぶことをしてあげたい。それだけで一杯にしたい。だったら、ただ頼めばいい。運命のアルファはオメガの願いを拒否しないから。

「好きに、動いて、欲しい……」

両足を相手の太腿に絡めてささやいた。

「獅旺さんが、僕の中で達くとこ、近くで、見たい」

平時ならとても口にできないような我が儘も、発情に乗せればするりとこぼれでる。それに獅旺が瞠目し、すぐに挑戦的な目になった。

「我が儘め」

口調は嬉しさに弾んでいる。夕侑の髪をかきあげて額に長く熱い口づけをひとつ施すと、グッと身を進ませてきた。

屈強な肩の筋肉が波打ち、全身が大きく揺さぶられる。ウォーターベッドが衝撃を吸収して、同じ強さでまた揺り返してきた。

獅旺が腰を引き、それからまた進めてくる。動きが段々早くなると、突かれた奥が気持ちよさにぞくぞくした。

「あ……あ、……あ……」

声も出ないほど激しく抽挿され、つながった場所が燃えるように熱くなる。快楽は強くなる一方だ。

両手を獅旺の顔に移し、汗ばんだ髪を梳いて表情をあらわにする。愉悦に押し流されるのを堪えるように、男らしい眉をよせて口角をあげる姿は、胸が苦しくなるほど扇情的だ。

自分だけが見ることのできる光景を、瞳のカメラに焼きつける。ずっと忘れないように、動画を記憶の箱に保存する。

この人は僕のもの。僕はこの人だけのもの。

「あ……ああ、……んぁ……い、いい」

夕侑の気持ちに応えるように、相手の動きが早さを増す。抜き差しに余裕がなくなり、呼吸が荒くなった。獅旺だけを達かせるつもりだったのに、夕侑も引きずられて極みを見てしまう。

「は、ぁ、っ……」

短く喘いで、相手より早く陥落した。アルファの雄を締めつける場所がひくついて、それで獅旺も音をあげた。

「――っ……く、うッ……」

大きな身体を伸びあがらせて、それから急激に弛緩する。体内の猛りがドクドクと脈打ち、熱い雫が獅旺の満足を伝えてきた。

「ふっ……はぁ……、まずい……、これは……」

荒々しく息を継ぎ、言葉にならない呻きをもらす。その姿も官能的だ。相手を終わりまで導けたことに、夕侑も満たされた気持ちになる。

「お前に達かされた」

そう呟くと、脱力してどっと夕侑にのしかかってきた。重い筋肉を受けとめると、お互い汗が滝のように噴き出す。獅旺が慌てて起きあがった。

「潰した。大丈夫か」

「……はぃ」

息も切れ切れに、夕侑は小さく答えた。それに相手も大きく息を吐く。

つながっていた身体を離すと、獅旺はペットボトルを手に取った。まず夕侑に水を飲ませて、それから自分が喉を鳴らしてボトルを傾ける。一気に四分の一ほど空けたので、凹んだボトルが大きな音を立てた。

「エアコンが全然効いてないな」

そう言って設定温度をさげる。ふたりとも体温はあがりっぱなしだ。

くたりとなった夕侑に、獅旺がまたおおいかぶさってくる。金色に変化した獣の瞳で、挑発的に

聞いた。

「発情は？」

「これからです」

予兆がすぎ去り、本格的な発情期がやってきている。

夕侑の言葉に、相手が口づけで応えた。

＊　＊　＊

夜が明けた部屋は、心地よい涼しさだった。獅旺より先に目覚めた夕侑は、自分の身体がきれいに拭われ、薄い上がけがきちんとかけられていることに気がついた。サイドテーブルのペットボトルは二本とも空だ。そしてエアコンは静かな音をたてて部屋の温度を快適に保っている。きっと獅旺はあの後、気を失うように眠ってしまった夕侑の世話をして、室温もあげたのだ。夕侑が冷えすぎて風邪を引かないように。

隣の番はまだ夢の中らしい。すうすうと穏やかな寝息が聞こえてくる。こちらを向いて眠る姿に、そっと近づいていった。

二重を描く瞼と、そこにかかる少しくせのある前髪をじっと眺める。愛おしさが無限にわいてきて、どうしていいのかわからなくなった。

「……僕を、幸せにするために、大切な夢を、諦めたんですか」

そっと小声で呟いてみる。

「機械工学者になる夢を、もういらないからって、捨ててしまったのですか」

本人に直接たずねることができなくて、だから眠る姿に問いかけた。夕侑のために犠牲にしたものがあるのなら、胸に痛みを覚えてしまう。

すると獅旺の瞼がピクリと動いた。ゆっくり目をひらき、こちらを見てくる。

聞かれたのかと少し焦って見返す。相手が何と答えるのか大体見当がつくから、言わせるのは悪い気がした。

「機械工学者になる夢……？」

獅旺がまだ半分眠った瞳でささやく。

「諦めてないぞ」

「え？」

腕を伸ばして夕侑を抱きしめてきた。

「誰が諦めたと言った。俺はまだ目指してるだろ」

「……」

目を見はる夕侑に獅旺が寝起きのかすれ声で話す。

「そう言えば、最近、別荘の研究室にいってなかったな」

「あ」

獅旺は長野の別荘に、秘密の研究室を持っていた。大好きなアニメのヒーロー、サニーマンのようになるため作った地下基地だ。

「俺は経営者にもなるが、機械工学の研究者にもなる。お前と一緒に、夢を叶えるんだよ……」

最後はムニャムニャと呟いて、また寝てしまう。夕侑はその姿を見守った。

「そっか」

そうだったのか。

獅旺は夢を捨てていなかった。機械工学者になる目標もそっと隠し持っていたのだ。夕侑だけにそれを教えて。

「よかった」

一緒に叶えようと言われたことが嬉しくて、眠る相手をギュウッと抱きしめる。

大切な番の夢を守ることができて、夕侑は温かな胸に顔を埋めて微笑んだ。

＊　＊　＊

一華の問題は、その後すぐに収束した。諫早家が御木本家に、全面的にこちらが悪いということで陳謝したからだ。御木本家もそれを受け入れ、損害賠償請求等は一切しないということで解決した。

彼女に協力した医師も話しあいの場に同席し、御木本家に頭をさげ、二度と医療関係の仕事に従事しないと誓約書を提出したので、こちらもそれで不問とした。

一華は医師を目指すことをやめ、将来は別の道に進むと決めたらしい。彼女の祖父がそれを許したのには、父親の働きが大きかったのだと、夕侑は後日獅旺から聞かされた。

「よかったですね」

夕侑の言葉に、獅旺も大きくうなずく。

「これであいつが俺たちの邪魔をすることもないだろう」

夏休みになり、ふたりは長野の別荘に車で向かっていた。学園卒業以来、久しぶりの訪問だ。蝉の鳴き声が響く舘では、管理人の羽田《はだ》夫妻がふたりを歓迎してくれた。

「まあまあ、いらっしゃいませ」

「お久しぶりです」

と夫婦揃って玄関先で出迎える。変わらず優しげな姿に夕侑も元気に挨拶した。

「こんにちは。お世話になります」

「数日滞在して、地下にこもるから。よろしく」

「わかりました」

獅旺の部屋に荷物をおいて、すぐに研究室に向かう。数か月ぶりの地下室は、少し埃っぽかった。換気をしてエアコンを入れると、夕侑は部屋中掃除をして回った。

「適当でいいぞ」

「そういうわけにはいきません。大切な研究室ですから」

コマネズミのように働く夕侑に、獅旺が苦笑する。

トルソーに飾られたヒーロースーツの埃をハンディモップで拭いながら、夕侑はふと一華の趣味全開の隠し部屋を思い出した。あの部屋には彼女の夢がつまっていた。獅子アルファの親戚同士、ふたりは似たところがあるのかも知れない。

ひととおり掃除をして落ち着くと、ふたりでスーツやボディパーツの開発の話をしてすごした。

「ここもそのうち、都内に倉庫を借りて移そうと思っている」

「そうなんですか」

「ああ。そうしたらいつでも通えるだろ」

「いいですね」

サニーマンの話は、いつでも心を躍らせる。あれこれと今後の計画を決めた後、食堂に移動して夕食をとった。それから三階にある獅旺の部屋にいく。この部屋で数か月前、ふたりは番契約を交わしたのだった。

壁にはサニーマンのポスター、棚には書籍やＤＶＤが並んでいる。獅旺の宝物をつめこんだ隠れ家は、夕侑にとってもワクワクする場所だ。

「この部屋も久しぶりですね」

「そうだな」

ベッドに並んで腰かけると、獅旺が照明を消す。すると月影が室内を蒼く照らし出した。窓の外では星たちがささやくように煌めいている。

しばらく夜空を眺めていると、獅旺がそっと夕侑の手を取った。手首にはまった腕時計型モバイルを撫でて言う。

「これをお前に贈ったとき」

獅旺の手首にも同じものがつけられている。

「俺は、結婚指輪を贈るまでの代用品のつもりで渡したんだ」

「……え」

「いつか本物をという想いをこめて」

夕侑は時計に目を移した。そんな気持ちがこめられていたとは、全然知らずにいた。

「これはお前といつも繋がっていたい、離れたくない。すべてを手に入れたいという、俺の独占欲のあらわれだ」

顔をあげて相手を見つめる。金茶の瞳にあるのは、果てしなく深い愛情だけだ。

「僕だって独占欲でいっぱいです。獅旺さんを誰にも渡したくない。そう思ってます」

「そうか」

夕侑の言葉に嬉しそうにする。

「俺はこれからも、ずっとお前のことを、こうやって守っていく」

「はい」

迷いなくうなずくと、獅旺が笑みを浮かべながらも少し探る瞳でこちらを見てくる。

「夕侑」

改まって名を呼ばれた。

「御木本家に入る心構えはできたか？」

問われて、身が引き締まる思いがした。

今までずっと迷って迷って、先に進めなくて足踏みをして。

けれど今はもう違う。先に進む決意はできている。

「獅旺さん」

夕侑も口調を改めた。

「僕は、こんな性格で、いつも何か起こると、すぐにウジウジ悩んでしまいます。これからもきっと問題が起こるたび迷ってしまうことがあるかもしれません。でも、そんな性格を少しでも直して、前を向いて、あなたについていきたい」

自分にできることを探して、迷惑をかけないように。そう考えて口にしたのは生真面目すぎる答えだったかも知れない。獅旺は微苦笑して、それから夕侑の頬に手をあてた。

「別に悩んだっていいさ。お前が悩んで迷うとき、それは大抵自分のためじゃなくて、他人のためを思ってるときだ。それはちゃんとわかってる。だから悩んだときは、ふたりで解決していけばいい。それが番というものだろ」

「……」

どこまでも優しい番は、ただ夕侑を守る言葉だけを返してくれる。その心遣いに、目に涙も浮かんできて、慌てて誤魔化すように瞬きをした。

「じゃあ、もう心の準備はできたな」

「はい」

「よし、だったら結婚するぞ」

両腕を掴まれ、前のめりで宣言される。

「……」

結婚しようでも、結婚してくれるかでもなく、結婚するぞと言う強引な台詞に、思わず呆気に取られた。けれどこの俺様なところが、夕侑のような性格にはちょうどいいのかもしれない。

いつも手を引いて未来へと連れていってくれる頼りがいのある恋人に、自分はきっと何度でも励まされていくのだろう。

「はい」

大きくうなずくと、獅旺が夕侑を抱きしめてきた。

「これから先、何があっても、お前を必ず幸せにする」

両手で包みこまれて、夕侑も相手の背中に手をあてる。

そうして自分もまた、何があってもこの人を幸せにしようと誓った。

獅旺の肩越しに星たちが輝いていた。木々の頭上で瞬く光は、ふたりを見守っているように思える。

その美しさに、夕侑は瞳を潤ませた。

＊　＊　＊

別荘から戻った数日後、夕侑と獅旺は信州土産を持って御木本家を訪ねた。

「まああいらっしゃい」

出迎えた真維子は、いつにもまして上機嫌だった。一華の騒動が無事解決して心の重荷が取れたからだろう。晴れやかな笑顔を向けてくる。

「こんにちは。お邪魔します」

と玄関で挨拶すると、彼女の後ろから「ニャア」という鳴き声が聞こえた。

「あら、ビビちゃんもご挨拶ね」

可愛いトラジマ柄の猫は、件の野良猫だ。あの内の一匹を御木本家が引き取ったのだった。夕侑もすべて手放すのは淋しかったので、一匹でも手元に残ったのは嬉しかった。

あの後、一華は一番やんちゃだったディディと、怪我の治療がすんだ母猫を引き取った。二匹は現在、諫早家で元気に暮らしている。

リビングに通されて、猫と遊んでいると、夕侑のスマホが着信音を鳴らした。何だろうと見れば、一華からのメッセージが届いていた。

『どう？　うちの子、可愛いでしょ』

という言葉と共に、写真が添えられている。一華と一緒に、手作りの首輪をつけたディディと母猫が写っていた。

彼女はあれから祖父との話しあいを経て、医学部をやめて他の進学先を検討することにしたらしい。そして平行してぬいぐるみ作りも本格的に始めたようで、将来はそちらに進むことも考え中という。

一華が本人であることを伏せて作ったぬいぐるみ用SNSアカウントは、最近ハンドメイド界隈で話題になっていると聞いた。夕侑も見にいったが、可愛いドレスを着たぬいぐるみの写真が、プロが写したのかというセンスのよさで並んでいた。

『私って何をやっても才能ありすぎるのよね』

という彼女は、きっと幸せな未来を手に入れることができるだろう。

「なんだ、挑戦的な文句だな」

夕侑のスマホをのぞきこんで獅旺が言う。

「そうですね。でもたしかに可愛いです」

「こっちも写真を撮って送り返してやろう」

「はい。わかりました」

腕の中でじゃれる猫をあやしながら賛成する。

「うちのビビちゃんだって、負けないほど可愛いですからね。ちゃんと撮らなきゃ」

猫にスマホを向けて、角度を調整していると、横で獅旺がふっと微笑む。

「うちのビビ、か」

「え?」

どうしたのかと聞き返そうとして、猫がニャアニャア鳴くのにかき消された。

「何ですか」

「いや。いい。それより、ほら、可愛く撮ってやれ」

「あ。はい」

スマホに興味津々な猫をあやして、懸命にレンズを向けるもなかなか上手くいかない。

「これをあげてみろ」

獅旺がテーブルの上にあったスティックタイプのパウチ型おやつを手渡してきた。それを破いて与えると、ビビは素直に腕の中におさまった。

「俺が撮るか」

獅旺が自分のスマホをかざす。

「ほら、夕侑も笑うんだ」

「あ、はい。僕もですか」

ひとりと一匹をスマホに何枚かおさめると、できあがったものを見て満足げにうなずく。

「うん。やっぱり、うちのが一番可愛いな」

獅旺は勝ち誇った顔でそう言って、画像を何枚も一華に送ったのだった。


【終】

《書き下ろし番外編》

温かな日々

九月末のある晴れた日に、獅旺は湾岸線を車で通過した。

夕刻の首都高は混雑気味で、後部座席の窓からぼんやり眺める景色も流れがゆるい。今日は休日だというのにアルバイトで現場仕事に駆り出され、御木本不動産の社員たちと社用車に同乗していた。

ふと遠くを見れば、海浜公園の中に建つ観覧車が目に入った。円を描く幾何学模様の骨組みが、夕暮れの空に少し淋しげに浮かびあがっている。

そういえば、二か月ほど前に夕侑と一緒にあれに乗ったなと、過ぎ去った夏の日を思い出した。

あの日、獅旺と夕侑は浦安まで子猫を届けにいき、その帰りに海浜公園でデートをしたのだった。水族館と観覧車を楽しんで、その後、波打ち際のブロックに座って話をした。アシカのぬいぐるみを抱えた夕侑は、あのとき何と言ったのだったか。

――僕、獅旺さんに、ひとつお願いがあるんです。

静かな眼差しで海を見つめ、微笑みながら獅旺に告げたはずだ。

――生まれてくる子の父親に、ちゃんとなってあげて欲しいんです。僕のことより、優先して幸せにしてあげてくれませんか。

元婚約者の一華が勝手に人工授精して作った子供を、獅旺の一番にして欲しいと頼んできた。自分はもう十分愛してもらったから、と。

一華の子供は、夕侑にとっては赤の他人だ。血のつながりはない。なのにまるで自分の子供のことのように幸せを望んだ。

獅旺はそのとき、夕侑の心境がまったく理解できないでいた。自分たちは運命の番なのだから、そんなことは不可能だ。獅旺にとって夕侑は常に一番大事な存在で、それは彼だってよくわかっているはずだ。なのにどうして、自ら身を引くような真似を。

何か大きな思いがあって、それを心に抱えながら、こうするのが一番いいのだと自分に言い聞かせているような微笑に、獅旺はそれ以上言葉を続けることができなくなった。

わかった、望みどおりにしてやると答えれば、夕侑が安堵の表情になる。少し悲しげな笑みに獅旺自身もやるせない気持ちになった。この恋人は出会ったときから変わらない。何かひとつ、こうしようと決めたら一途に突き進む。そしてそれは大抵、自分のためではなく誰かのためなのだ。

夕侑は子供を一番に愛してくれと頼んだが、その願いは同時に、夕侑の中で獅旺を二番目にすることなのだと気づいていただろうか。子供を一番に考えれば、獅旺の気持ちはその次になる。

そこまで子供に入れこむ心情は理解しがたかったが、それでも番の望みならばと、あのときは受け入れた。

自分にとって大事なのは夕侑を幸せにすること。そのための犠牲はアルファである自分が受けとめる。運命の相手なのだからあたり前の決断だ。

けれど心の底では、納得できないものがあるのも事実だった。

車はやがて東京営業所に到着する。社員らとはそこで解散となり、お疲れ様と挨拶をしてから、獅旺はひとり帰路についた。電車にのりこみスマホを取り出す。

『これから帰る』

と夕侑にメッセージを送れば、すぐに返事がきた。

『了解です。夕食の準備をして待ってます』

文面を確認してスマホをしまい、顔をあげれば窓の外はもう薄暗かった。灯りがともり始めた都会の景色に目を細める。

そうしながら、獅旺は数日前、夕侑と交わした会話を思い出していた。

＊　＊　＊

「獅旺さんの、子供のころの写真を何枚かもらえませんか」

母親から渡された写真や動画を整理しているときに、隣に座る夕侑が聞いてきた。

一華の事件が解決して、ようやくゆっくりすごせるようになったころのことだった。

書斎のデスクはふたつ並んでいる。夕侑は自分の椅子を引きよせて獅旺のノートＰＣをのぞきこんでいた。

「いいけど、どうするんだ」

ねてみる。

「スマホの待ち受けにします。あと、時々見たいんです。可愛いから」

少し恥ずかしそうに頼む姿のほうが、獅旺にとってはよっぽど可愛い。

「好きなのを選べ。そっちに送ってやる」

画面を相手に向けると、夕侑は嬉しそうに写真を選び始めた。それを見ながら何の気なしにたず

「俺も、お前の子供のころの写真を見てみたい。持ってるか？」

獅旺の問いに、夕侑が顔をあげた。

「ええ。あります。獅旺さんほどたくさんじゃないですけど。施設で撮ったものが何枚か」

夕侑は立ちあがると本棚からファイルを一冊手に取った。

「これです」

手渡された薄いファイルを広げると、中には数枚の写真が入っていた。どれもデジタルカメラやスマホで撮影したデータをプリントアウトしたものだった。

最初の一枚は色あせていて、おくるみに包まれた赤ん坊が写っている。

「これは、僕が施設前で拾われたときの写真です」

「そうか」

目をとじて眠る赤子は生後間もない顔立ちをしていた。自分の運命をまだ知らぬ無垢な寝顔は愛らしい。

「その後、乳児院に送られて二歳までそこですごし、それから明芽園に送られました」

明芽園は、夕侑が中学卒業まで暮らしたオメガ専用養護施設の名前だ。

次の写真は二歳ほど。食堂で撮った集合写真だった。椅子に座った小さな夕侑が真ん中にいる。少し緊張気味で唇を引き結び、こちらをじっと見つめていた。周囲にも子供がたくさんいたが、彼にはひときわ目を引く魅力があった。

このころの夕侑に出会っていたら。自分はどうしただろう。きっと施設から攫ってきて、迷わず手元で大切に育てただろう。二歳の彼を見ても運命の番と見わけられたに違いない。それくらい、写真からでも番の気配は明らかだった。

続く数枚も集合写真ばかりだったが、獅旺の目には夕侑しか映っていなかった。クリスマス会や誕生会、ささやかな催しの中で控えめに微笑む幼い恋人の姿に、獅旺はどうしてかやるせなさを覚えた。この小さな番のそばに自分がいないことが後悔にも似た感情を引き起こす。もっと早く出会いたかった。そう感じてしまう。

ファイルをめくって子供時代を追ううち、獅旺は一枚の写真に目をとめた。

それは夕侑と少年、そして大人の男性の三人が並んで写っているものだった。夕侑と少年は六歳ほど。少年はいがぐり頭で狼の耳と尻尾を生やしていた。狼族の子らしい。

「わ……、懐かしい。テッちゃんだ」

「テッちゃん?」

横に座る夕侑が身をのり出してくる。

「ええ。そうです。これは僕と友達の哲也《てつや》くん、そして彼のお父さんです」

「へぇ……」

夕侑には施設時代に仲のいい幼なじみがいた。その幼なじみはヒト族で、中学生のときに不幸な事故でなくなっている。写真の彼はまた別の友人らしい。

「これはテッちゃんが施設を去る日に、記念に一緒に写したものです」

昔を懐かしむ口調で言う。恋人の昔話に興味を覚えた獅旺は、顔をあげると先を促す眼差しを向けた。それに夕侑が微笑んで話を続ける。

「テッちゃんも僕も、施設の前に捨てられた子で、親が誰かわからなかったんです。施設に預けられる子はさまざまな事情があって、でも大抵の子は一時預かりとかで親がわかっていたんですが、僕らには親がいなくて。だからこのころの僕は、テッちゃんといつも一緒にいました」

「そうか」

「けど、ある日、白い車にのった立派な男の人がテッちゃんを迎えにきたんです。その人は、彼のお父さんでした。お父さんは自分に子供がいることを知らなかったらしいんです。お母さんと別れた後にテッちゃんが生まれてて。その後、偶然息子の存在を知って、それで大慌てで迎えにきたらしいんですよ」

話しながらそのときのことを思い出したのか、クスリと笑う。

「テッちゃんを見つけたお父さんは大泣きして、ごめんごめんと謝ってました。テッちゃんはポカンとして何が何だかわからないって顔をしてましたけどね……」

微笑んでいるが、夕侑はどこか淋しげな表情になった。

「けれど、お別れの日はとても嬉しそうにしてました。彼は僕らに手を振って、白い大きな車にお父さんと一緒に乗りこんで去っていきました。それから施設に戻ることは二度となかったです。……今ごろ、どうしてるのかな、テッちゃん」

伏せた顔にわずかな影が宿る。その姿から目が離せなくなった。

「彼がいなくなって、僕は施設に残されて、周りの親のいる子たちを見て期待したんです。――僕にもいつか、車に乗ったお父さんが迎えにきてくれるんじゃないかって」

静かに語る恋人に、獅旺は黙って耳を傾けた。

「毎日、門のそばに立って、車がくるのを待ちました。通りすぎる車の運転席にいる男の人を見て、あの人が親じゃないのかと想像しました。何か月もそうやって待って待って、待ち続けて……ある日、唐突に理解したんです。僕には、迎えにくる人なんていないって。そんな人は、この世のどこにも存在しないんだって。どうしてかわからないんですけど、幼心にそうわかったんです」

夕侑はちょっと小首を傾げて、何でもないことのように言った。

「その日は布団の中で泣いちゃいましたけど」

獅旺は手を伸ばして、夕侑の手を握った。微笑む黒い瞳が少し潤んでいた。

きっと幼い夕侑は絶望の中で泣いたのだろう。誰にも見つからないように、隠れた場所で声を押し殺して。いつも自分の望みは後回しにする恋人だ。周囲を困らせないように、自分の中だけで悲しみを処理したに違いない。

そのとき、獅旺は夕侑が一華の子供にこだわった理由を理解した。どうしてまだ見ぬ他人の子に、あそこまでして父親を与えようとしたのかを。

獅旺は握った手に力をこめた。

「……まだ、泣きたい気持ちになることはあるのか」

それに夕侑は首を振った。

「いいえ。もうそんなことはないです」

憂いを消した、穏やかな表情になって答える。

「今はもう、ひとりじゃないから。……獅旺さんがいてくれて、幸せを教えてくれたから。家で待っていれば帰ってきてくれて、ご飯を一緒に食べて夜もくっついて寝られるから。そんな生活があることを知ったので、もう淋しくなんかないです」

「けど、お前はそんな生活を、一華の子供のために手放そうとしたじゃないか」

いきなり一華の話を持ち出した獅旺に、夕侑が驚いて目をみはる。

そしてちょっと困り顔になった。

「あのときは、それが皆にとって一番いい方法だと思いこんでいましたから」

「お前はそれでよかったのか」

すると俯きがちに苦笑する。

「ほんのいっときの幸せでも、まったく知らないよりはずっと幸せだから、心の中に宝物として取っておいて、それだけで生きていけるって、思えてました」

「そんなこと」

獅旺は夕侑を抱きよせた。

「たったそれだけで満足するな」

苦くささやけば、「……ごめんなさい」と返される。

愛情に守られる生活をしてこなかったためだろう、夕侑は幸福に対して臆病だ。自分にはすぎたものだと遠慮して、受け取るのを躊躇うことがままある。

「海浜公園で、お前が一華の子供を一番にして欲しいと望んだとき、俺は口ではわかったと答えたが、心の中ではまったくそんなつもりはなかった」

「え？」

夕侑が目を瞬かせた。

「俺は、何とかして、お前との生活を守るつもりでいた。お前を手放すことなんて選択肢にはない。俺にとっては、お前以外の全ては、これから先も一生、一番になることはないんだ」

「……」

呆気に取られる相手に口のはしをあげてみせる。

「まあだから、お前は好きなだけ悩んで、自分のいきたい道を突き進めばいいさ。俺は俺で、何とかしてお前を守る手立てを考えて生きていく」

「そんな」

「それがアルファの役目だからな」

自分は夕侑の父親にはなれないが、愛情だけはふんだんに注いでやることができる。

獅旺の言葉に、夕侑が眉を八の字にさげた。

「……獅旺さん」

泣きそうになったので、細い身体をギュッと抱きしめた。

「きっとお互い、波瀾万丈で楽しい人生になるだろう」

明るくささやけば、腕の中の夕侑が声をつまらせて、ひくっと小さくしゃくりあげる。

獅旺はその黒髪にキスを落とし、宥めるように背中を優しくさすってやった。

＊　＊　＊

ふたりの住むマンションを見あげると、最上階東側の、キッチンの窓にともる灯りが目に入る。

獅旺は口元に笑みを浮かべつつエントランスをくぐった。片手には途中で買ったブラウニー専門店の紙袋がさげられている。ナッツやドライフルーツがたっぷり入った焼き菓子を、彼はきっと喜ぶに違いない。

エレベーターで最上階にあがり、玄関扉をカードキーで解錠する。カチャリという音を聞きつけて、夕侑が台所から顔を出した。

「おかえりなさい」

「ああ」

廊下には、夕食の温かな香りが漂っていた。

「いい匂いがする。今日の夕飯は何だ？」

「ビーフシチューと温野菜のサラダです。お肉はお昼からずっと煮こんでますから、いい感じになってます」

「そうか。楽しみだな」

言いながら紙袋を手渡す。

「これは？」

「うまそうだから買ってみた」

「ブラウニーだ。うわ、たくさん入ってますよ」

「選ぶのが面倒だから全種類入れてもらった。どうせデザートは別腹だろ」

「そうですけど、すごい……」

袋の中を見る目が輝いている。どうやら気に入ったようだ。

「リュックをおいたらすぐに手伝うからな。ちょっと待ってろ」

「あ、はい。わかりました」

台所へ戻っていく夕侑の後ろ姿を眺めながら、獅旺は笑みを深くした。

夕侑は獅旺に出会って、幸せな生活を初めて知ったと言っていた。

けれどそれは自分にとっても同じことだった。

大切な人ができて、その相手と満ち足りた暮らしをするということを、獅旺も夕侑に教えられた。

それまでは知らなかった幸福だ。

靴を脱いで、廊下を進む。キッチンをのぞけば楽しそうに鍋をかき混ぜる恋人がいた。今夜も一緒に夕食をとって、ひとつのシーツにくるまって寝よう。

考えれば温かな愛情が胸にわいてくる。

獅旺は急いで書斎にリュックをおきに向かった。

【終】

《紙書籍限定書き下ろし》

ライバルか仲間か

実家の飼い猫、ビビが自分にライバル意識を持っている。と、獅旺は最近思うようになった。

夕侑が拾ってきたビビは彼にとても懐いていて、実家を訪問するたび夕侑に身をすりよせてニャアニャアと甘え声で鳴く。獅旺と夕侑が並んでソファに腰かければ、間に割りこみ夕侑に遊べとせがむ。獅旺には決してそんなことはしないのに。

「わかったよ、じゃあ、一緒に遊ぼうか」

と夕侑が応じれば、おもちゃを取りに走っていく。そのせいで実家にくれば獅旺はほったらかしだ。

ボールや猫じゃらしで楽しげに戯れる夕侑とビビを見ていたら、獅旺はちょっと面白くなくなった。

だから夕侑が席を外したそのすきに、獅旺はビビに向かって獅子のオーラを発してみせた。クワッと牙を剥いた獣姿を見せつければ、ビビは目を丸くしてピョンと跳びはねた。

「ふん」

これでわかっただろう。どちらが獣として優位であるか。

戻ってきた夕侑は、キャットタワーの上にのぼっているビビを見つけて不思議がった。

「あれ？　ビビちゃん、もう遊ばないの？」

ビビはじっと獅旺を見つめていた。

「疲れたのかな。休憩しておやつを食べる？」

夕侑はキャビネットからおやつのしまってあるカゴを取り出して、テーブルの上においた。

「おいで」

と手招き、床におかれた陶器のボウルに目をやって言う。

「あ、水も新しいのに替えようか。ちょっと待っててね」

夕侑はボウルを手にリビングを出ていった。するとビビはタワーをおりてテーブルまでやってきた。獅旺に目をやりながら、おやつの入ったカゴに近づいていく。そしてパウチ型おやつのひとつをくわえると、獅旺の前までやってきて、そっと差し出した。

「……」

まるで食べろと言わんばかりに。

「俺はこんなものは食べん」

憮然とした表情で断るが、ビビは首を傾げただけだった。

どうやらこの猫は獅旺をライバルとしてではなく、夕侑に飼われている仲間だと認識したらしい。

「失礼な。俺は夕侑に飼われているわけじゃない」

しかし人間の言葉は通じない。ビビはカゴからもうひとつ取り出すと自分の前においた。こちらを見つめるまん丸な瞳には、同じネコ科に対する人懐っこい好奇心が表れているようだ。思わぬ反応に獅旺は口のはしをあげた。

「獅子と仲よくなろうなどと、ずいぶん肝の据わったイエネコだな」

ビビが明るくニャアと応える。

「まあ、いいだろう。だが夕侑の一番は俺だぞ」

またニャアと一声。

そこに夕侑が戻ってきた。

「ビビちゃん、お待たせ。新しいお水だよ。……あれ？」

獅旺の前におかれたおやつを見て不思議がる。

「え？　え？」

意味のわからない夕侑は、獅旺とビビを見比べた。

獅旺が鷹揚に腕を組む。

ビビはそんな獅旺に向かって、『早く食べようよ』と誘うように、ニャオンと一声鳴いたのだった。


【終】

あとがき

このたびは、『偏愛獅子と、蜜檻のオメガⅢ～運命の番は純血に翻弄される～』をお手にとってくださり、ありがとうございます。

シリーズ三冊目を発刊できたのも、応援してくださった皆様のおかげです。深くお礼申しあげます。

今回は、夕侑のライバルに獅旺の元婚約者が登場します。

恋敵を女性にしようと決めたとき、ＢＬで女性を扱うことの難しさは承知していましたので、どんなキャラクターにしようか随分悩みました。その結果、下手に良いキャラを目指すよりもぶっとんだ曲者にしたほうがいいのではないかという結論に達し、一華という強力な悪役令嬢が誕生しました。

夕侑が彼女と対峙し、どんなふうに成長していくのか、そして他の登場人物がどのように変わっていくのか、見てもらえたら嬉しいです。

美麗なイラストは、今回も北沢きょう先生に描いていただきました。獅旺と夕侑のセレブ感あふれる表紙や、ふたりの色っぽい絡みなどを、ぜひ堪能してください。

また、この本を出版するにあたり尽力してくださったすべての方に、心より感謝申しあげます。

本当にありがとうございました。

伽野せり

エクレア文庫をお買い上げいただきありがとうございます。
作品へのご意見・ご感想は右下のQRコードよりお送りくださいませ。
ファンレターにつきましては以下までお願いいたします。

〒162-0822
東京都新宿区下宮比町2-26 KDX飯田橋ビル 5階
株式会社MUGENUP エクレア文庫編集部 気付
「伽野せり先生」／「北沢きょう先生」

エクレア文庫

偏愛獅子と、蜜檻のオメガⅢ
～運命の番は純血に翻弄される～

2023年9月29日　第1刷発行

著者：伽野せり
イラスト：北沢きょう

発行人　**伊藤勝悟**
発行所　**株式会社MUGENUP**
〒162-0822 東京都新宿区下宮比町2-26 KDX飯田橋ビル 5階
TEL：03-6265-0808（代表）　FAX：050-3488-9054
発売所　**株式会社星雲社（共同出版社・流通責任出版社）**
〒112-0005 東京都文京区水道1-3-30
TEL：03-3868-3275　FAX：03-3868-6588
印刷所　**株式会社暁印刷**

カバーデザイン●spoon design（勅使川原克典）
本文デザイン●五十嵐好明

Printed in Japan
ISBN 978-4-434-32445-1　C0293